U0010003

到沿途有小朋
在加油時……
耶耶
總覺得他們好可
愛，令我開心不已♡
阿公阿嬤們的
應援……
加油
喔～
啪
啪
加油!!
也叫人覺得
好溫馨♡
有時會看到
硬被主人帶出來
加油的狗……
加油～!!
怦然
心動～♡
加油
哇～
當然我也喜歡
這樣的狗♡♡♡
喜愛～♡
呵呵～

一個人出國到處跑Run Run

高木直子的海外歡樂馬拉松

高木直子

前言　3人一致嚮往的路跑賽……

※項目只有全馬一項

於是3人決定一起報名參加這場馬拉松比賽
我們要去法國囉!!
去暢飲波爾多紅酒!!
啪 啪
哇~!!
啊,對了!邀台灣朋友們一起參加吧!
前一陣子,我和加藤因為工作關係到台灣……
和出版我的書的大田出版社朋友們提起梅鐸馬拉松……
Oん~葡萄酒馬拉松?
哈哈哈
very good!!
有這種馬拉松~
很喜歡紅酒
她們好像很感興趣……
她們說有4個人要參加耶!!
她們也很積極!!
喔~!!
結果,台灣也有4位朋友要一起參加。
看樣子,這回會是一場熱鬧歡樂的路跑賽……
我們應該先預習一下波爾多紅酒比較好吧!?
要不要來個品酒會?
法國
難得有這機會,我們也去巴黎走走看看吧~
第一次去法國耶~
啊,對了!我們還要想想怎麼扮裝才行~!!
這回啟程前同樣也有好多事情需要準備……
結果會是一場什麼樣的路跑賽呢……
哇
哇
哇
哇
哇

目次

CHAPTER.3 值得紀念的第一屆馬拉松♪ 沿著海邊跑，關島馬拉松！

CHAPTER.4 享受大自然…… 溫哥華馬拉松

CHAPTER.5 大家一起完跑！ 雨中的台北馬拉松

人物介紹

以前出現過的人物

初次登場的新朋友

高木直子（作者）

跑馬拉松邁入第5年。
偏愛啤酒，最近也對葡萄酒、
日本酒感興趣。

加藤

大家熟悉的責任編輯。
為了追求美食日夜奔走。

紀子

是個努力練習不懈的人。
路跑賽時經常帶長條蛋糕
來給大家。

URUSHIDANI先生

擁有侍酒師資格，
葡萄酒店ENOTECA店長。
地區的民俗祭典時，會參加抬神轎。

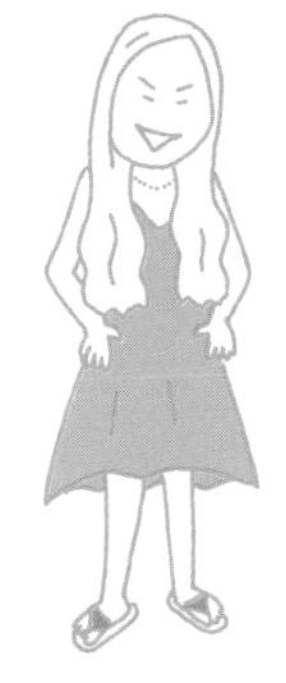

YUMIKO小姐

服務於廣告公司。
美麗的粉領族，
而且廚藝高超。

金教練

值得信賴的超人氣馬拉松教練，
對國外馬拉松路跑賽也瞭若指掌。

台灣跑友們

為我出版台灣翻譯本的
大田出版社編輯們。
也曾在《一個人吃太飽》
一書中歡樂登場。

嗨~
嗨~
RUN
RUN
呼—

CHAPTER 1
邊喝紅酒邊跑
梅鐸馬拉松
GO!
RUN
RUN

準備扮裝、預習紅酒……啟程前超忙碌

於是我們來到
可能有賣這種衣服的淺草……
睦
祭
祭典用品
這家店不知道
有沒有賣～
這才發現很少有賣這種古代消防隊道具服，
而且衣服價錢昂貴又重……
哎喲～
穿這麼厚重的衣服
根本跑不動嘛～
很重……
因為是消防用的嘛……
不行不行!!
那請紀子幫我們做3件
像這種薄一點的
好了……
結果買了3件價錢低廉重量又輕的
民俗祭典用的短外衣
顏色各不同
祭
雖然扮成消防隊的
提案破滅……
不過這也是
具日本歷史性的
民族祭典服裝～!!
之後也買齊了有民俗祭典風味的配件，
扮裝的準備算是告一段落。
派對用品
戴這種面具跑步，
好不好!?
好主意～!!
另外我們也想多嚐嚐幾款紅酒，
預習一下，但是……
種類繁多
紅酒的種類太多了，
真不知道
買那一種好……
於是來參加葡萄酒店
ENOTECA 辦的波爾多紅酒講習會
ENOTECA
廣尾總店
ENOTECA
ENOTECA
New World wine Fair!

這回為我們做講解的是
擁有侍酒師資格的 URUSHIDANI 先生
妳們好!!
請多多指教!!
首先要談的是法國紅酒，
法國的紅酒產區很多，
其中最著名的是布根地和波爾多。
巴黎
布根地
France
波爾多
一般而言，
布根地的紅酒澀度較低、
口感華麗豐潤，
波爾多紅酒則是以帶澀味、
口感強勁厚實的酒款居多。
波爾多的紅酒特別有名。
此外，記住酒瓶形狀的特徵，
也有助於辨識。
斜肩
平肩
布根地型
波爾多型
原來如此!!
位於波爾多內的梅鐸地區
正是這次馬拉松賽事的舞台
這一帶
Médoc
波爾多市區
路線沿途有好幾處酒莊，
他們會提供紅酒給跑者們品嚐。
波爾多約有
8000座酒莊，
其中被公認為
高品質的有61座，
這些酒莊還有等級之分……
等級分為1～5級，
被列為1級酒莊的
只有5座……
分級
第一級
1855年巴黎世界博覽會時為提供消費者參考基準所制定的。
這5大酒莊之一的
「Lafite-Rothschild」
就位在這次路線的
26公里處～
真的!?
梅鐸馬拉松路線圖

那麼，一定不能錯過那個叫拉菲什麼的酒莊的紅酒囉!!
一級紅酒!!
沒錯!!對紅酒迷而言，那是一座令人神往的酒莊。
不過沒被列入等級的酒莊也有很多釀造少為人知的優質紅酒……
其中最出類拔萃的有時會被譽稱為灰姑娘紅酒
一邊找這種酒一邊跑應該也很不錯
灰姑娘……
心動
至於酒標的識別方法……
這"CHATEAU"下面寫的就是酒莊的名稱
CHATEAU CLERC MILON 2008
還有這"Appellation"和"Contrôlée"中間寫的就是產區
CHATEAU CLERC MILON 2008 PAUILLAC APPELLATION PAUILLAC CONTRÔLÉE
也就是說，這酒是PAUILLAC產區的CLERC MILON這個酒莊釀造的。
把酒莊名稱寫得很大的，通常是用那酒莊的高品質葡萄精心釀製出的美酒。
稱為一級酒
偉大的酒的意思
GRAND VIN CHÂTEAU DE PEZ 2008 SANT-ESTÈPHE
GRAND VIN DE CHATEAU LATOUR PAUILLAC
如果補給站上有好幾種紅酒，其中有一級酒的話，千萬不要錯過喔。
買的話可是很貴的。
嗯～……跑馬拉松的時候，哪可以注意到那個……
…
CHATEAU
GRAND VIN DE CHATEAU

喝紅酒之前，先聞聞它的香味也是一種享受。
有什麼樣的香味呢？
嗯～……葡萄的香味？廢話嘛～
紅酒的芳香……？
引人垂涎的香味耶!!
嗅嗅
嗅
嗅
搖晃
搖晃
搖晃
搖晃
嘗過之後，印象是不是又不一樣了？
咕嚕
這個……怎麼說好呢……這酒好像有一種水仙花香的味道……
也有點類似杉樹的香味……
我覺得有香辛料胡椒的味道
好喝!!
妳們的感想都很不錯!!
喝紅酒的時候，不要想得很艱深，把最初的印象說出來是很重要的。
同樣是產自波爾多的紅酒，喝過比較之後，大家的感想互不相同……
這個勁道好強，好像被揍了一拳!!
這個酸酸的，味道比較清淡～
這個有點金屬的味道～
我想一邊跑一邊分享品嚐紅酒的心得，也是很開心的一件事。
嗯～哪有那閒情逸致……

啊!!這紅酒好像正對我的口味~
我也喜歡這個~~
那是 Beychvelle 酒莊釀製的紅酒，酒莊就位在9公里處附近。
這艘船的圖案就是路標，起跑以後不妨先把目標放在這裡。
CHATEAU BEYCHEVILLE
GRAND VIN 2007
SAINT-JULIEN
URUSHIDANI 先生為我們說明講解了許多……
喔喔~!!
紅酒講習會結束了……
嘿嘿嘿……
心一橫，買了一瓶Saint-Julien產區的紅酒
嘻嘻
嘻嘻
ENOTECA
紅酒的世界實在太深奧了，可是我至少明白這項路跑賽的路線對喜歡紅酒的人而言是非常奢侈又極具魅力的!!
連我都好想去參加~~!!
嗯……這紅酒也好喝……
那之後我也每天獨自勤奮練習品酒……
對了!!我都樂昏頭了，差點忘記自己是要去跑全馬!!
再不好好練跑可糟了~!!
衝衝衝……
日子在一片忙亂中過去……
要出發囉~!!
轟隆隆~
終於要啟程去法國了!!

沒想到機票超賣！一開始就充滿波折

同樣在等著登機的人
一個個被叫到名字坐上飛機……

Ms. □□□□!!
Mr. ○○○○!!
Ms. △△△△!!
Mrs. ○○○○!!
Oh～

但不知為何只有我們3人
和一位日本男士一直沒被叫到……

還沒叫到……

是啊……

剩下4人……

那位男士說他也是要去參加梅鐸馬拉松

您一個人參加嗎？

不是，
我跟朋友約好
在當地會合。

呼～

這時……

Mr. Aoki!!

啊，
叫到我了!!

接著……

Ms. kato!!

Okuyama!!

啊，
也叫到我們了!!

呼～

哎呀!!

我呢～!?

可是只有我
沒被叫到!!

STOP!!

啊~他們好像在說機位已經滿了!!
哈哈哈
Sorry
啊啊啊……
我……我留下來，高木妳上去坐吧!!
……
分兩班飛機的話，那乾脆3個人都留下來好了~
我留下來，讓她們3個人一起上飛機吧。
Take my Seat!!
不可以這樣啦~!!
我只有1個人沒關係!!
跟他道謝，趕快上飛機吧!!
跟他道謝，趕快登機吧!!
哇—
哇—
哇—
給了他名片
謝謝您~!!真的非常抱歉!!
鞠躬鞠躬
有時間給我們電話
我們一坐好，飛機立刻就起飛了……
啊啊~真的很不好意思~!!
感覺很好的一個人~
馬拉松跑者真的很多心地善良的人~
轟隆隆隆……
約1個小時後抵達了波爾多，我們先去飯店辦理入住手續!!
噗~……
TAXI

路跑賽場的梅鐸
幾乎沒有住宿設施，
大多數的參賽者都下榻在
波爾多的中心區……

梅鐸方面
往巴黎
市區
波爾多聖讓車站
飯店
波爾多梅里亞克機場

這回我們只訂到
偏郊區的飯店……

而這家飯店
又很僻靜……

醫院

四周好像都
沒什麼商店耶
……

走廊黑漆漆的……

好像連冰箱、
保險箱都沒有

熱水瓶也沒……

我們決定先去市區吃晚餐

搭地面電車
20～30分

轟隆
轟隆

市區一片歐洲風情，
讓我們興奮不已……

哇～
法國耶～
法國耶～

哇喔～

接著來到出發前就決定要去
嚐一嚐的法式餐廳

LA BRASSERIE BORDELAISE

人聲
嘈雜

在國外總是靠加藤的英文，
可是到了法國就有點行不通……

菜單上都是法文，
一點也看不懂……

那個大概是雞肉……？

侍者也不太會講英文

手指法國

嗯……

不過總算點好了菜
也點了波爾多紅酒!!
GRAND VIN DE BORDEAUX
Château Le Crock
2006
Sant-Estéphe
這是名叫〝Le Crock〞的酒莊釀的酒
呵呵~
Sant-Estéphe是位在梅鐸北邊的產區吧
嘿嘿嘿……
3人努力秀出在ENOTECA學到的知識……
上面寫著GRAND VIN，那這應該是好酒吧~♡
這是一級酒？
GRAND VIN
Le Crock
想想馬拉松之旅時，3人總是喝啤酒……
大家辛苦了~♥
慶功啤酒!!
沒想到會有今天這種畫面……
為波爾多乾杯~!!
馬拉松跑久了，各種體驗也就多了。
文藝復興♥
這回的行程大致是這樣!!
第1天
成田(上午)
巴黎(轉機)
波爾多(傍晚)
波爾多 住宿
第2天
波爾多觀光
波爾多(中午)
梅鐸
辦理報到&義式麵點餐會
梅鐸
波爾多(晚上)
波爾多 住宿
第3天
波爾多(清晨)
梅鐸
梅鐸紅酒馬拉松
梅鐸
波爾多
波爾多 住宿
第4天
波爾多(早上)
巴黎(中午)
巴黎觀光
巴黎 住宿
第5天
巴黎觀光
巴黎 住宿
第6天
巴黎觀光
巴黎(晚上)
翌日(中午)
成田
回來了~

第2天早上和同樣來到波爾多的台灣跑友們會合……
別的
HOTEL
哇～
好久不見～
觀光一下波爾多
哇
哇
聖安德烈大教堂
哇～可麗露!!
真Q彈～!!
BAILLARDRAN
可麗露
用塗了焦糖的模子烤出來的波爾多傳統糕點。
這次從台灣來參加的4位跑友都是第1次跑全馬
妹妹
姊姊
我們經常跑步游泳……
Elaine
Emily
日語很流利
大蔡桑還成立一個跑步社，前一陣子才剛跑完半馬!!
小蔡桑
最受矚目的成員!!
大蔡桑
因為同姓，所以被這樣稱呼。
不過，看來大家都做過一番努力才來參加梅鐸馬拉松。
她們每一位都別具個性，我以為她們會準備很特別的扮裝來參加路跑賽……
她們可能會扮成埃及豔后喔……
不～我猜是斷頭皇后瑪麗安東妮德
不，我們只準備了同樣的T恤而已!!
她們和一般第1次跑全馬的人一樣，作風比較保守。
……是喔……

這一天，我們一起到一家
也是很有名的法式餐廳吃午餐。
La Tupiña
台灣跑友 Emily 會一點法文，
所以我們點起菜輕鬆了些。
台灣跑友們
會英文、日文，
聽說還在學韓文，
好厲害喔……
太優秀了……
只會日文
就這樣，我們又是大白天
就喝紅酒乾杯!!
耶~!!
每一道菜都很好吃，
可是接連兩天都吃法國菜，
胃有點受不了……
呼~……
肚子好撐
喔……
卡酥來（白豆燉肉）
用鴨油炸的薯條
烤鴨
吃完飯之後，
前往梅鐸辦理馬拉松報到。
從波爾多搭巴士到梅鐸
約需90分鐘……
噗~
然而巴士裡沒有冷氣，
車裡好像烤箱一樣……
在法國是不是
因為節約能源，
所以不裝冷氣~
明天還得
搭這巴士，
好辛苦喔~
加藤妳
還好吧？
悶熱
很怕熱

不過，
不久車窗外出現了連綿的葡萄園……
轟隆——
喔～!!
終於來到
嚮往已久的梅鐸!!
28e MARATHON DU MEDOC
哇—
哇—
哇—
也有跑者扮裝前來報到，
場內一片嘉年華氣氛……
哇—
哇—
也順利領到號碼布等，
不由得鬆了一口氣。
領了紀念T恤
DU MÉDOC
嘈雜人聲
啊，對了，
好像要去某的地方
先買好明天的
接駁車車票……
這時發現一座建築物的一角
好像有類似報到處的地方
孤零零——
MARATHON DU MÉDOC
嘈雜人聲
會不會是那裡？
可是都沒有人在
排隊耶……
應該有很多參賽者
都要坐接駁車，
怎麼會這麼冷清……
是這裡沒錯嗎？
儘管心裡有些不安，
還是付錢領了像手環的東西。
給妳
然後還報名了各個酒莊辦的歡迎會……
前往各個酒莊的巴士
那我們明天
加油囉～!!
被分到和台灣朋友不同的酒莊，
所以先在這裡道別……

強烈的西曬
不過今天一天還很長很長……
豔陽高照~
我們被帶到某一處酒莊，可是不知道為什麼不能進去，一直在外面等了1個小時……
一大片葡萄園
哇~好熱喔!!
真想找個陰涼的地方~
熱~
終於開始入場了，可是安全檢查非常嚴格，沒帶身分證件的人好像就不准進去。
OH NO~!!
Non!
糟糕!!我把護照放在飯店忘記帶出來~!!
妳沒有帶其他證件嗎？
什麼~!!
2人都帶了
幸好有帶駕照，總算得以入場，真是虛驚一場。
太好了!!
呼~
聽說只要有照片就OK
高木直子
優良
進到裡面一看，裡面是可容納數百人的大會場……
喔~!!
酒莊為了讓明天就要跑馬拉松的跑者們可以進行肝醣超補法儲存能量，從前菜到甜點全是義式麵食。
PASTA PARTY
一大盤!!
大盤!!
肝醣超補法（Carbohydrate Loading）
在進行需要耐力的運動之前，攝取大量碳水化合物補充能量的一種方法。

而且紅酒也是無限續杯!!
明天還要跑馬拉松，我看我不要再喝了……
咕嚕
我還要喝喔!!
咕嚕嚕
那我也再喝一點～♡
在酒莊喝的紅酒更是美味……
…
咕嚕
咕嚕
不久大家都 ㄝㄍㄝ 起來，開始在台上熱烈跳起舞來。
澎恰
澎恰
澎恰
澎恰
咻—!!
哇—!
旁邊也有從日本組團來的跑者們，可是中途就回去了……
啊～真開心～可惜巴士已經來接我們回去了～
○○旅行社的各位朋友們～
先走了
澎恰
澎恰
之後歡迎會仍然繼續
開始跳起拿椅子當道具的奇怪舞蹈……
耶—!!
咻—!!
咚
咚
到底什麼時候才會結束……
大家明天應該都要跑馬拉松吧？
最後盛大施放煙火，歡迎會終於在晚上11點左右結束了……
砰～
砰～
哇—
哇—
哇—
哇—

然後我們搭接駁車回到波爾多……
噗～～
再搭地面電車……
轟隆轟隆
轟隆轟隆
回到飯店時，已經半夜1點了……
啊～好累喔～!!
噗通
本來應該要買明天的早餐的，也沒時間去買……
而且明天4點就得起床，已經沒時間睡覺了……
還要洗澡……
香蕉～
一個晚上很快就過去……
叮鈴鈴鈴……
早餐就吃一點昨天買的沒吃完的可麗露……
呆～
嚼嚼
3人穿上準備好的扮裝服
終於要上場跑梅鐸紅酒馬拉松了!!
鏘～～!!
祭

去吃道地的法國菜～
耶～
LA TUPINA
梅鐸!!
終於到了!!
MARATHON DU MÉDOC
LE MARATHON DU MÉDOC
www.marathondumedoc.com
波爾多名產可麗露
Photo Gallery
très bien (好好吃～)
穿日本短外衣♪ 快樂地RUN RUN
義式麵點餐會
c'est bon 好棒～
咻～
澎恰
澎恰
澎恰
je t'aime (我愛你～～)

穿越晴空下的葡萄園!!(全馬,法國)

哎呀!!
沒有戴手環的人
不能上車耶!!
哎喲～
我本來不太相信這東西，
現在才知道它的重要～!!
好險!!
到梅鐸又是需要約90分鐘……
……
我很想補個眠……
轟轟
無奈生性敏感，
在巴士裡根本睡不著……
好羨慕她們兩個
都可以睡著……
轟隆
嗯～
轟隆
不過好像還是睡得不安穩
不久，刺眼的大太陽開始
從葡萄園的那頭昇起……
今天看來
也會很熱……
加藤
遮太陽
閃!
終於到達梅鐸馬拉松的會場
嘈雜
嘈雜
嘈雜
周圍有好多好多扮裝的跑者!!
MARATHON DES CHATEAUX DU MEDOC
Samedi 8 Septembre 2012
哇～!!
嘈雜
嘈雜
嘈雜

譯注：日本幕末時期新選組一個親幕府的武士組織，主要在京都活動負責維持當地治安，對付反幕府人士。

接近起跑時間時，
會場上展開了像空中馬戲團
那樣的表演……
哇－
咻－
哇－
並開始逐一廣播國名，
一聽到自己國家的名稱，
該國的跑者也隨之歡呼……
Chine!!
France!!
Allemagne!!
Espagne!!
Wa
Ya
Wa－!!
真的有好多國家的人
來參加耶～
Japon!!
啊！
叫到日本了!!
哇－!!
會場上的歡樂氣氛
越來越高漲……
呼～～
Yeah!!
Wa
哇～!!
Wow!!
咻－!!
到了上午9點30分
在一片興奮中，
約8500名的跑者開跑了!!
啪
哇－
啪
啪
哇
啪
哇－
啪
6833
哇－

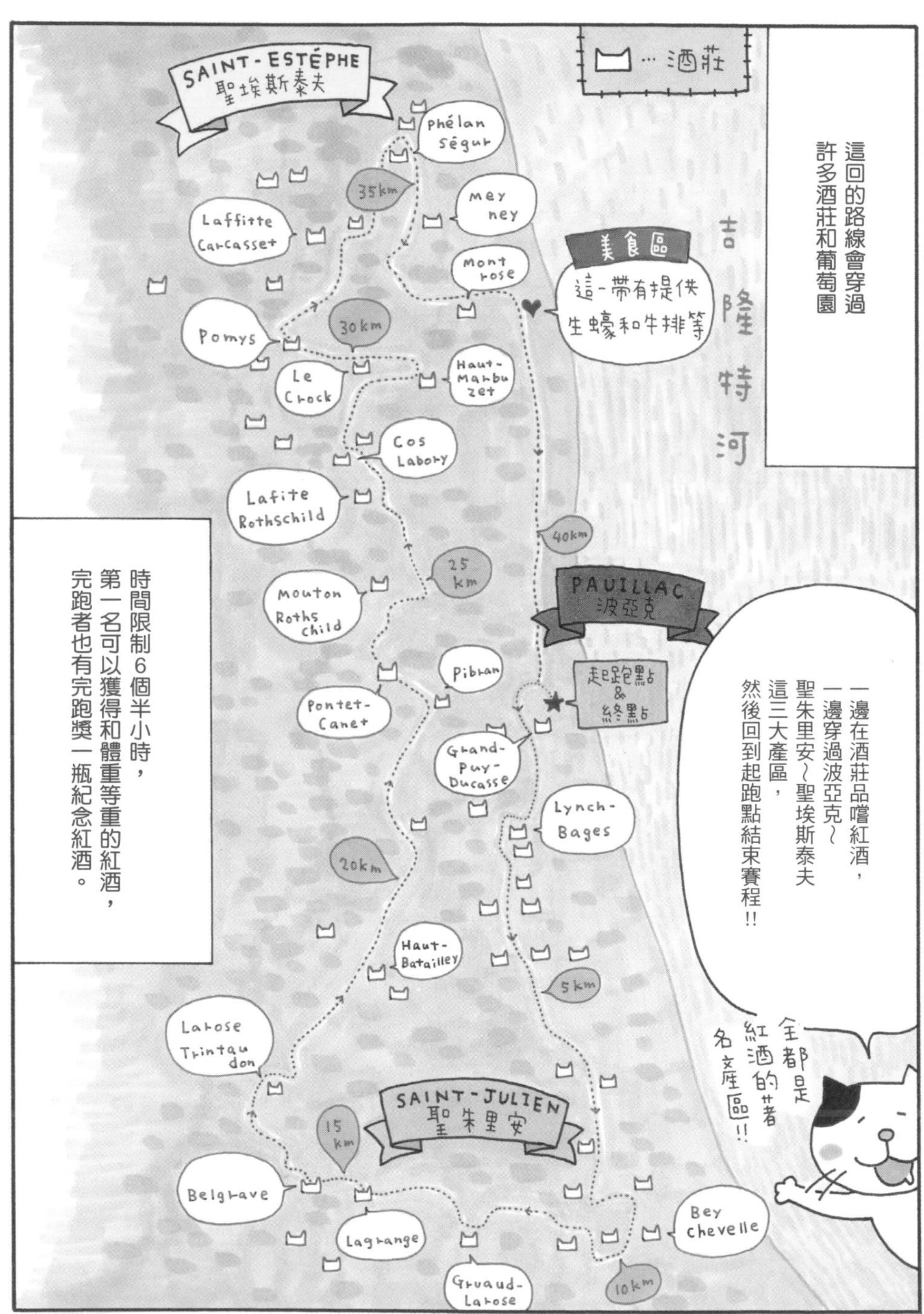

這回的路線會穿過
許多酒莊和葡萄園
…酒莊
吉隆特河
SAINT-ESTÉPHE
聖埃斯泰夫
Phélan ségur
35km
Mey ney
Laffitte Carcasset
Mont rose
美食區
這一帶有提供
生蠔和牛排等
30km
Pomys
Le Crock
Haut-Marbuzet
Cos Labory
Lafite Rothschild
40km
25 km
PAUILLAC
波亞克
Mouton Rothschild
Pibran
Pontet-Canet
起跑點 & 終點
Grand-Puy-Ducasse
Lynch-Bages
20km
Haut-Batailley
5km
Larose Trintaudon
SAINT-JULIEN
聖朱里安
15 km
Belgrave
Lagrange
Gruaud-Larose
10km
Bey chevelle
一邊在酒莊品嚐紅酒，
一邊穿過波亞克～
聖朱里安～聖埃斯泰夫
這三大產區，
然後回到起跑點結束賽程!!
全都是紅酒的著名產區!!
時間限制6個半小時，
第一名可以獲得和體重等重的紅酒，
完跑者也有完跑獎一瓶紀念紅酒。

這看似充滿樂趣路線，
其實有一件叫人擔憂的事，
那就是……
一路上洗手間的數量
非常少!!
聽說很多跑者都進到葡萄園裡，
在露天中解放……
怎麼辦……
喝了紅酒會不會
一下子就想
上洗手間……
噫!?
哇－
嘈雜
人聲
幾乎沒時間思考
洗手間的問題，
很快就來到第一個補給站。
才跑了約1公里
哇－
哇－
哇－
哇，
已經到了!!
我看……
這裡就
不要喝了……
我……
我也……
我要喝喔～!!
哇－
哇－
唰
後面的路還很長……
聽說想嚐一下紅酒又不想喝醉時，
可以含在嘴裡然後再吐出來。
這並不違反禮儀
可是一喝進嘴裡，
可能就會覺得
吐出來太可惜，
結果吞下肚……
嘶……
我就忍到9公里處的
Beychevelle 酒莊吧!!
9公里處
船就是路標♥
Beychevelle酒莊
朝那艘船前進!!

跑了一會，來到了鎮上。
BAGES
COURAGE! Plus que 39.395 kms
(譯)加油！還有39.395公里！
嘈雜
人聲
哇！
哇！
3公里處
♪澎澎
澎湃♫澎湃
哇！
哇！
耶～!!
啊
加藤，妳的波浪鼓掉了!!
咚
跑著跑著越來越覺得扮裝用的小道具礙手礙腳……
面具一直掉下來～
滑落
帶著東西跑果然很辛苦
好像有許多跑者也這麼覺得，很多人開始在這附近把扮裝用的小道具送給鎮上的小朋友。
這個給你，好不好？
哇！
哇！
武器類的很受男孩子歡迎
哇！
哇！
噫？扇子不見了!!
早就掉在路上
不過還是有許多跑者依然堅持扮裝……
國王與隨從？
嘎啦
嘎啦
當那國王真好……
補給站又出現了……
這裡的紅酒是用酒杯裝的耶!!
在這裡也沒喝紅酒……
呼
水

繼續往前跑，來到了兩旁是一望無際葡萄園的路上。
7公里處
啊……他們是去葡萄園中解放吧……
沙沙……
沙沙……
好熱喔……
這天是萬里無雲的大晴天，加上葡萄樹的高度大約只到腰，所以幾乎沒有陰涼處!!
應該已經超過30度C了吧……
遮陽
好悶熱……
扮裝也就更熱了
腰帶也好緊……
還沒跑10公里就覺得腳好重……
呼……
呼……
也還沒喝紅酒，怎麼會這樣……
這時來到一座又大又氣派的酒莊……
這裡說不定就是……
哇
哇
哇
1064
終於到了這艘船!!
CHÂTEAU BEYCHEVELLE
果然沒錯!!這裡就是Beychevelle 酒莊!!

也看到我們期待已久的補給站!!
歡歡
喜喜
哇喔~!!
我也在這裡盡情地享用紅酒
呵呵呵~
馬拉松圖案的杯子
AMCM
終於3人一起乾杯!!
為梅鐸馬拉松乾杯~!!
耶~
哇!
這裡的紅酒果然好喝~!!
濃醇~
有一種吸收飽滿陽光孕育出來的味道……
果實的味道更香醇!!
我再去拿一杯
我想一邊跑一邊分享品嚐紅酒的心得，也是很開心的一件事。
酒莊的洗手間也對外開放，所以我們也就借用……
雖然排隊有點長，還是先在這裡上一下比較好~
我們就這樣離開了Beychevelle 酒莊!!
好漂亮的酒莊~!!
BEYCHEVEL

到這裡才終於跑了10公里，時間已經用掉將近1個半小時，比平常的速度慢很多。
哇，已經這時間了!!
1:27.10
不過大概是喝了美味的葡萄酒，人HIGH了起來，步調也隨之加快。
啊……身體變輕了~
腳步
輕捷
0170
之後又來到熱鬧的大街上……
哇—!
哈哈哈
嘩啦—!
Château Gruaud-Larose
也經過豪華的酒莊……
哇喔~
啊，這裡的紅酒也很好喝~
被評為2級!!
有的補給站除了紅酒和水之外，還備有食物……
不過整體而言，大多是乾乾的甜食，引不起我的食慾……
我想吃鹹鹹的又有水分的東西……
像醬菜之類的……

這次也因為扮裝用的小道具比較多，所以只帶糖果在路上備用……
是不是只有37公里處的美食區才有提供起司、生火腿和牛排啊……
我……我肚子好餓……
不喜歡甜食
咕～
我倒是帶了一點點鹽……
還有檸檬酸錠
唰
!!
紀……紀子，拜託分我一點嘛……
對不起，也分我一點吧……
鹽
來，給妳～
我們這兩個搞笑2人組連忙上前分食紀子好不容易帶來的鹽
紀子也帶著在補給站拿的保特瓶水……
妳帶著那個跑，不重嗎？
是有點重，可是我覺得還是有水比較放心～
舔
舔
很重
500ml
0170
看來這麼這做是正確的……
基本上每座酒莊都設有補給站……
怎麼還沒看到下一座酒莊？
下一座酒莊離很遠的話，就要過很久才有水喝……
呼……
呼……
呼……
呼……

就算終於到了酒莊，
也有可能已經沒有水了……
只看到提供
飲用水的痕跡
與殘骸
打擊－
有紅酒
啊～
喝紅酒
反而更口渴～!!
很快就陷入困境!!
咕嚕
所以又一邊跟紀子要水喝
一邊往前跑……
呼…呼…
真是不好意思……
沒關係沒關係～
對不起
也給我
喝口……
在下一座酒莊發現保特瓶水時，
就多拿了一瓶!!
拿到了
耶～!!
Eau
之後就決定
盡可能帶著水跑步
還是帶著水
比較放心!!
有備無患!!
哈哈哈
採用
紀子的做法
可是還沒
跑一半呢……
asics
19

以前跑全馬的時候，都是專心跑著跑著不知不覺間就過了一半……
哇喔～已經跑一半了
太好了～
21 km
705
這回不知道為什麼覺得前半段好遠好遠，一直到不了。
那個人看起來好熱喔……
呼……
呼……
呼……
氣溫也飆到35度C，周圍的跑者都露出疲態……
穿著布偶裝
對了，不知道台灣跑友們怎麼了～
第一次跑全馬，天氣又這麼熱，很可能會吃不消。
都還沒有看到她們耶
不知道她們好不好～
就在這麼擔心別人的時候……
啊!?
劇痛襲來！
右膝蓋後面突然有一股抽筋般的劇痛!!
這……這裡從來沒有這樣痛過……
聽說鹽分如果不夠會容易抽筋，我看妳多補充鹽分比較好……
唰
給妳!!
怎麼會這樣～
我們在樹蔭下做做伸展運動，休息一下吧～
就這樣又再休息一會……
呼～
呼嚕～
舔
舔
鹽

終於來到一半的地方……
起跑後 約3小時15分
大概是補充了鹽分的關係，我的腳好多了!!
太好了!! 太好了!!
唰
唰
總算來到23公里處附近的補給站時……
噫!? 那不就是……
台灣跑友們從後面跑了過來!!
哇啊～!!
大家雖然看起來很熱有點吃不消的樣子……
好熱喔～
Wine very good!!
可是目前為止跑得還算順利，我們也就放心了。
哇哈哈
哈哈哈
good!!
不料才放心沒一會……
噫？
哈哈哈
隆隆隆……
我看到了超可怕的東西
隆隆隆

那就是限時6個半小時的人牆!!
6h30
ZIEHLSCHLUSS
ORGANISATION
6h30
制限時間内最後尾
6h30
ENDLINE
ORGANISATION
6h30
FIN DE COURSE
ORGANISATION
隆隆隆隆……
梅鐸馬拉松限時6個半小時，這人牆由後面跑過來作為跑者們能否在6個半小時內完跑的基準。
寫著各個國家的語言
6h30
最後尾
6h30
END LINE
6h30
FIN DE COURSE
ORGANISATION
隆隆
被那個超前，是不是就是被判出局了!?
得趕快追過他們才行!!
衝!!
決定再次振作精神向前跑!!
總算追過了
呼……
呼
再前面一點又有酒莊了
可是這酒莊是在一座小山丘上……
Château
Ponet-Canet
MARATHON DES
CHÂTEAUX DU MEDOC

而且酒莊附近很多碎石路，很礙腳不好跑……
嗚嗚……上坡的碎石路
白色的碎石反光好刺眼!!
唰
唰
到了酒莊也沒元氣喝紅酒
人聲耳
嘈雜
水
可是愛好紅酒的跑者們仍然繼續品嚐
怎麼那麼會喝……
澎湃
澎湃
嚼……
我也不行
不過好像等一下就到那座Lafite-Rothschild酒莊了……
沒錯，就是那座一級酒莊!!
我們3人決定在這裡分手依自己的步調去跑……
到了Lafite-Rothschild我一定非喝不可!!
噫!?
路線是這邊
可是前面不知為何有人指著要我們往和規定路線不同的方向跑!!

為什麼？我想跑規定路線那邊啦～
慌
失措
不過也有人不管他，那跑這邊應該也可以吧？
4610
!!
!!
!!
搞不清狀況下，決定不聽從指示還是往規定路線跑去。
!!
??
道路兩旁依舊是一望無際的葡萄園……
26km
呼
呼
CHÂTEAU LAFITE ROTHSCHILD
終於來到了 Lafite-Rothschild 酒莊!!
喔喔!!
酒莊境內遼闊，洋溢著名酒莊的氛圍，讓我更加期待他們的紅酒，不料……
0170
他們已經停止提供紅酒了!!
沒有了～
打擊

嗚嗚……
Lafite-Rothschild 酒莊，
再見～
我心情有點低落地穿過酒莊……
終於來到這回路線
最北邊的產區聖埃斯泰夫
PRÉCIEUX TERROIE
SAINT-ESTÈPHE
終於到了
聖埃斯泰夫～
然而這附近又是漫長的上坡路，
更加消耗體力，
周圍有很多跑者已經開始用走的。
呼呼
氣喘
我……
我這樣可以
跑到終點嗎……
心中浮現一絲不安時……
氣喘
呼呼
在29公里處的酒莊
發現加藤正在那裡休息
加藤好像
也已經很累了……
啊
我們又一起跑一段路
Lafite Rothschild酒莊的紅酒已經沒有了吧～
是啊……
穿這衣服看起來
更像搞笑2人組……

就這樣終於來到30公里處……
asics
30
呼……呼……
又在這裡的酒莊休息休息
這時候，時間已經過了5個多小時……
5:04.10
砰——!!
過了一會，台灣跑友 Elaine 和 Emily 也跑過來了，可是……
啊……
那人牆軍團又跑過來了，一下子就穿過酒莊向前跑去。
哇—
哇—
6h30
6h30
6h30
6h30
隆隆隆隆……
啊!!
那2位台灣跑友看到這景象立刻追了上去……
哇—
哇—
6h30
衝
啊啊啊……
但是這時候的我和加藤已經沒有精神也沒有體力可以追上去……
……
對了……紀子好像跑在我們後面，怎麼還沒看到她過來。
不知道她好不好
哇—
哇—

會不會是在哪裡遇到麻煩……

希望身體沒出狀況才好……

喔～依～

救護車的警笛聲

喔～依～

千里迢迢來到梅鐸，非常遺憾地……

我和加藤就這樣在30公里處棄權了。

人聲

嘈雜

嘈雜

決定棄權之後……

噗噗噗……

嗚嗚……這是我們第一次搭巡迴車吧……

嗯……

巡迴車來接我們回終點……

棄權的跑者們

就在上車時……

!!

撕

號碼布上的完跑紅酒兌換券被拿掉了

禮物圖案

就這樣被狠狠地撕掉了……

都一點不留情……

啊啊～好傷心喔～

搭巡迴車
來到終點時……
FELICITATIONS
哇〜
哇〜
哇〜
看到跑完42公里
眼看就要完跑的跑者們
高興的樣子……
哇〜
啪啪
哇〜
哇〜
哇〜
回頭一望，
又看到手拿完跑獎一臉驕傲的
跑者們……
哇〜
啪啪
哇〜
哇〜
……
……
哈哈
哇哈哈
嗚嗚……
心情更加陷入
谷底了……
我們
坐一下吧……
哇〜
哇〜
頹喪〜
我們在終點附近一邊喝啤酒一邊等，
這時……
咕嚕
咕嚕
嚼嚼
啊
發現紀子跟跟蹌蹌地走了過來!!
加藤
小高〜
紀子〜!!

後來聽紀子說……
她也在30公里前面一點的地方被指往和規定路線不同的路
!!
我們分析的結果是，梅鐸馬拉松有幾條岔道可以抄近路……
35km
從這邊抄捷徑？
30km
往終點
所以沒遇到
棄權
指揮交通的那個人大概是要告訴我們沒時間了，往那邊比較快……
抄了捷徑的紀子後來仍繼續努力向前跑……
呼……
呼……
36
不過卻在37公里附近超過時間限制，遺憾地棄權。
什麼～妳跑到37公里那裡了!?
好可惜!!
我在半路上有看到台灣跑友們，可是她們後來如何我就不知道了。
沒能見到台灣朋友的情況下，我們決定先回波爾多……
回程的巴士又是像烤箱一樣又悶又熱……
呼
悶熱
終於回到飯店時，已經累得不行了。
呼～!!
噗通
好累喔～

一直休息到晚上，然後才去市區吃飯……
轟隆……
轟隆……
但是太累了，一點也不想吃口味偏重的法國菜……
我想吃蔬菜或是米飯……
我也想吃清淡一點的……
JAPANESE NOODLE BAR
RAMEN FUFU
人聲
嘈雜
嘈雜
那裡有日本料理的店，可是是拉麵……
生意不錯咧……
隨便再走走，結果發現一家印度料理店。
哇～還是米飯好吃～!!
COBRA
每一樣東西都非常美味……
可是沒能完跑的我們……
……
嚼
嚼
嚼
心情怎麼也HIGH不起來……
在波爾多的最後一晚也夜深了
第2天早上因為要前往巴黎，所以來到波爾多聖讓車站。
SNCF
嘎啦
嘎啦
沒想到在電車裡……
啊!!

又遇見台灣跑友們!!
哇—
哇—
哇—
哇—
問了台灣跑友們，昨天後來如何……
哇—
哇—
先是小蔡桑在25公里附近棄權
asics
25
呼……
呼……
其餘的3人仍繼續努力向前跑……
Elaine和大蔡桑也很遺憾地在40公里附近棄權
asics
40
身體不舒服
呼……
呼……
一直堅持到最後的Emily……
呼……
呼……
以7小時10分的成績順利完跑!!
哇喔～!!
鏘～
28e MARATHON DU MÉDOC
聽說今年由於天氣太過炎熱，因此完跑時間限制最後延長到7小時15分。
哇～好棒喔～!!
恭喜恭喜～!!
啪
啪
啪
啪
啪
Bravo—

抵達巴黎之後……
哇～凱旋門耶～!!
巴黎巴黎～
在飯店請 Emily 給我們看她完跑的獎品
完跑紅酒
CHÂTEAU HANTEILLAN HAUT-MÉDOC
獎牌
哇～好棒的獎品～!!
MÉDOC 8 SEPTEMBRE
飽&杯子
附木盒
嗯……Emily，妳可不可以把這完跑紅酒打開來和我們一起分享？
OK!!
很乾脆
CHÂTEAU HANTEILLAN CRU BOURGE 2006 HAUT-MÉ
於是大家一起用 Emily 的完跑紅酒乾杯!!
哇～大家辛苦了～!!
乾杯～!!
哇！
哇！
哇！
哇，
台灣跑友們對個子最小的 Emily 能完跑，也感到非常驚訝。
我本來以為要是我們當中有人完跑，也應該是跑過半馬的大蔡桑!!
所以大家都好意外!!
而且聽說非常喜歡紅酒的 Emily 完全沒錯過任何一處補給站上的紅酒
哇喔～～!!
全部!?
哈哈

之後我們和台灣跑友們一起在巴黎觀光
聖心堂
哇～!!
哇～!!
才剛跑完馬拉松，大家都是鐵腿狀態……
爬樓梯好辛苦!!
好痛喔……
呼……
可是巴黎的街景美麗又浪漫……
哇喔～!!
大家高興得坐起旋轉木馬♡
啊哈哈
另外我們也討論到……
台灣跑友們到了這裡以後一直都吃法國菜，腸胃應該也開始受不了了吧？
到了巴黎以後搞不好會說想吃台灣菜呢!?
……什麼？台灣菜？
到了法國，為什麼要吃台灣菜？
我們的擔心根本是多餘

於是我們一行人又到了法式餐廳!!
LE BISTROT
哇~!!
為巴黎乾杯~!!
再仔細一問，才知道台灣朋友們其實也碰到很多狀況……
那天歡迎會結束後，我們沒搭上巴士。
什麼!?
歡迎會那天，台灣跑友們去了酒莊後也喝喝跳跳歡樂無比……
澎洽
澎洽
哇~
哇~
哇~
喜歡跳舞的2人盡情跳舞……
澎洽
澎洽
澎洽
哇~
哇~
喜歡安靜的2人在外面看星星……
澎洽
澎洽
結果巴士比預定時間早開走……
人聲嘈雜
那時候好像有廣播，可是我們完全沒聽見!!
我們想說還有很多人在跳舞應該沒問題，沒想到那些都是當地人!!
哎呀~
後……後來妳們怎麼辦呢？
已經沒有交通工具可搭了，他們叫我們在附近住一晚，可是衣服和鞋子都在飯店，第2天也很麻煩……

結果是Emily代表大家被請上台……
有誰可以送這幾位可憐的女孩去波爾多!?
嘈雜
嘈雜
嘈雜
嘈雜
嘈雜
主持人登台一呼……
好吧……我送她們去吧……
哎呀~
最後有一位男士挺身而出，台灣跑友們總算可以回到波爾多。
想想這次的路跑賽真是充滿曲折……
機位超貴!?
路面電車的車票是這麼買的
菜單完全看不懂……
喔—merci(謝謝)
??
有時是我們問人，有時是有人主動幫我們……
四處
哎呀~
巴士站
在哪裡~?
徘徊
我們也找不到在哪裡搭車!!
好險!!
艷陽
高照
雖然有很多很辛苦的事……
水~
鹽~
筋疲力盡……
不過，想到參加的每一個人一定都發生很多事……
到飯店的時候已經半夜了!!
這樣還能完跑喔!?好厲害!!
哈哈哈~
這麼一想，不由得覺得好笑……
也由衷感謝能有這樣的經驗。
買給自己的Beychevelle的紅酒!!
小小奢侈一下♥
CHÂTEAU BEYCHEVELLE

燦爛無比
笑容都和
藍天
你們的扮裝
好帥喔!!
笑一個!!
正在做伸展運動的加藤
好可怕喔!!
Photo Gallery
給我紅酒～
嗚喔喔～
CHÂTEAU BEYCHEVELLE
看到船了～～!!
葡萄也在跑步!!
好熱喔～

來杯紅酒吧～!!
好多海盜!!
嗯～味道濃醇……
Potion magix
Nannètes
嘿啦嘿啦
不知道有沒有拉著這個跑到終點……。
來點洋芋片吧～
盡量照吧～
盡量照吧～
耶～～!!
6341
JEAN-LUC
6340
NOELLE
6342
2428
6343
ALAIN

扮裝考驗毅力!!

好熱……

艷陽高照

呼~

歡歡喜喜紅酒耶!!

來杯紅酒吧~~

拿到水了~!!

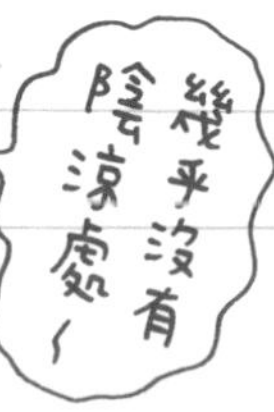

噗噗噗噗……
酒莊再見~
MARATHON DU MÉDOC
令人沮喪的巡迴車
asics
30
葡萄園再見~
哇 哇
無緣的終點門……
6h30
ZIEHLSCHLUSS ORGANISATION
6h30
FIN DE COURSE ORGANISATION
6h30
制限時間內最後尾
牆啊……
等等我~
一臉驕傲的完跑跑者們
哇哈哈
喜喜
歡歡
在印度料理店喝啤酒慰勞辛勞

巴黎～!!
Paris
巴黎去囉!!
在巴黎吃蛋包早餐
LE BISTROT
d'Henri
16
Photo Gallery
DALÍ
在巴黎也吃法國料理♡
那裡的牛角麵包～
喔!!
耶～我有爬到這上面
擅於穿搭的巴黎婦人們

跑步日誌
譯註：12單日本宮廷婦女的一種禮服
其他的扮裝點子……
穿12單跑不動吧~
那不行的啦~
要扮成古時候的人在跑，可以考慮扮成江戶時代的信差，可是那也要拿小道具，挺累的~
當天一看……
啊！有人扮成信差耶~~!!
祭
果然看起來很辛苦……
據說往年天氣都比較涼爽，然而今年氣候異常出奇的熱……
35度C……
喔一依
喔一依
很多跑者體力不支，救護車也多次出動……
報名時必須提具醫生證明。
健康無慮的人才可以參加。
後來也用mail和那位讓機位給我們的男士取得聯繫，得知他順利完跑梅鐸紅酒馬拉松。
從北海道來參加的跑者的善心
送給他紅酒表示謝意
在馬拉松途中，加藤的腰帶也掉了……
OH!!
加……
加藤!!
祭
飄落~
不過畢竟這是一場非常特殊的賽事，請參加的朋友們務必留意自己的身體狀況。
自己的身體自己負責!!
請勿飲酒過量!!
這個人累斃了
梅鐸馬拉松、享受美酒
我的心情……
兩邊都是
Kanpai!!
乾杯
完敗
譯註：「乾杯」和「完敗」日文發音相同。

請問金教練！ Q&A

請國外馬拉松經驗豐富的金教練
為我們解答各種疑問♪

Q.您出國參加馬拉松時，一定會帶什麼東西？

A.我會帶平常吃的糙米和在國外也可以用的小電鍋，
還有速食味噌湯、咖哩調理包和梅干等
在國外不容易買到的日本食材。

Q.參加要搭長時間飛機的國外路跑賽時，
有時腳會浮腫或疲勞未消，
有沒有什麼好的預防對策？

A.對策是在飛機裡要經常起來走動或做做體操，定時活動身體。

此外坐飛機之前充分進食，
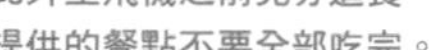
飛機上提供的餐點不要全部吃完。

如果有空位，利用3個座位橫躺下來也是不錯的做法。

Q.參加國外馬拉松時，
您如何因應時差問題？

A.抵達飯店辦好入住手續後不睡覺先去跑步。

Q.請問該如何因應氣溫超過30℃的路跑賽？

A.通氣性佳的帽子和太陽眼鏡是絕對必備的，
另外脖子圍上冰領巾避免太陽直射
也是一個不錯的方法。

Q.您在馬拉松的前一晚和當天早上
都吃什麼呢？

A.因地而異，不過前一晚會較想吃米飯類，
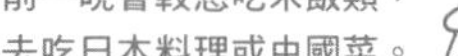
所以會去吃日本料理或中國菜。

早上通常是吃2個前一天晚上做好的飯糰。

Q.扮裝參加路跑賽時，
要特別注意什麼？

A.氣溫過高的路跑賽，
就應避免穿布偶裝以免中暑。
此外，會妨礙周圍跑者的過大扮裝也應避免。

CHAPTER 2
去夢寐以求的
東京馬拉松
當志工
RUN
RUN

去健身房測量肌力，好緊張!!

天氣出乎意外的炎熱也是一大原因～

前一晚應該不要參加歡迎會在飯店好好休息才對……

也沒戴帽子

碎念碎念……

不過難得參加這種像嘉年華的路跑賽，也想盡情享受一番……

可是中途棄權還是有點不甘心……

嗯～……

總歸來說，明明是要跑全馬，卻連觀光、美食、歡迎會也都全包，所以才會後繼無力吧。

這時，森井由佳小姐告訴我……

我有4個女性朋友參加梅鐸馬拉松，她們都完跑了喔～

森井由佳

文體造型作家

雜貨收藏家

再看了她們照片……

911

912

913

914

哇～!!

好酷喔～!!

一群帥氣十足的女忍者……

後來請森井介紹給我們認識，一起開了個「30公里以後的經驗分享」餐會。

妳好～

森井的朋友YUMIKO小姐

妳好～

嗚嗚好傷心的聚會名稱……

YUMIKO小姐她們一行4人，全都順利完跑，其中一位的名字我好像聽過……

YAMAPI小姐，難道就是那位YAMAPI!?

哇~我知道她耶!!
她就是出現在
田淵由美子小姐
《まらそんノススメ》
那本書中，
3小時半跑完全馬的
快腿編輯耶!!
我看過
那本書耶!!
哇~
哇~
新版
まらそんノススメ
田淵由美子
少女漫畫家田淵
由美子小姐努力練習
跑全馬的完跑奮鬥
記漫畫。
（集英社出版）
是啊，
就是那位 YAMAPI。
她幫我們安排很多事，
特別我是第一次跑全馬。
她建議我們馬拉松前一天
不要參加歡迎會，
好好吃自己從日本
帶去的食物……
連行程都是
她幫忙安排的
還告訴我們
賽前和賽程中
吃哪一種營養品
和補給品比較好
這個
每小時
喝一包~
哇喔~!!
而且聽說 YAMAPI
回國還做了這樣的相簿
給大家留念……
28th
Marathon du Medoc
其中有大家
愉快跑步的身影，
也有許多我們沒機會
看到的30公里以後的
照片……
無緣看到的
37公里處的美食區
生蠔
牛排
ARRIVÉE
914
01
41
42
912

好厲害喔~
真是位優秀的編輯~

!!

嘩啦

嘩啦

……

驚

不過我也是跑到一半
就筋疲力盡，
好不容易
才跑完全程的~!!

對不起
我是個……

啊
我不是那個
意思啦……

但是完跑的人
真是一臉燦爛……

第2天
腳也痛得
不能走路~

完跑者

3人都覺得
不能這樣就氣餒……

棄權
3人組

嗯!!
我們要再出國
跑一次
全程馬拉松~!!

喔~!!

於是……

開始上網查
要參加哪一場馬拉松好

嗯~
去哪裡
好呢……

近畿日本旅行社

全球馬拉松100

米蘭馬拉松

喀嚓
喀嚓

這時想起金教練
從以前就推薦的
一場馬拉松賽事……

那個路跑賽
很值得參加~

我們因此決定
加拿大的
溫哥華馬拉松雪恥!!

2013年
5月5日(日)
開跑

溫哥華馬拉松

既然確定了目標，就得加油才行，
可是我覺得身上的肉好像都軟軟的不結實……
嗯嗯 嗯嗯 嗯……
鬆軟
軟軟的，像麻糬一樣……
想起之前有人給了我一張
健身房的招待券，於是前來看看。
SPORTS CLUB
呵呵呵……
那裡有可以詳細測量
肌肉量和體脂肪率的機器，
站上去一量……
不安
忐忑
In Body
測量部位的肌肉量
竟然全在平均值以下!!
打擊ー!!
部份別肌肉均衡度
低 標準 高
右手
左手
軀幹
右腳
左腳
肌肉發達程度
弱
基礎代謝量
標準
而且體重雖然在平均值以內，
可是肌肉量偏少、體脂肪率偏高，
被評為隱形肥胖!!
哎呀呀呀〜!!
測量結果
我聽說肌肉太多身體變得
太重也不好跑馬拉松，
可是……
至少希望自己的肌肉量
是在平均值以內……
還希望體脂肪少一點……
鬆軟
可是我又非常討厭
做肌力訓練……
在家裡自己做
也絕對持續不了多久……
基本上我在家是這樣子……
癱〜
因此下定決心
加入健身房!!
入會費&會費
10000
10000

報名以後
先和健身教練進行諮商……

嗯~
我有在跑馬拉松，
可是肌肉很少
又鬆鬆軟軟的……

嗯嗯……

然後請教練幫我規劃適合我的跑者訓練課程

擴胸運動

鍛鍊大胸肌

1~2Kg的啞鈴

腿部推蹬

鍛鍊腳力

30kg左右

連續做15次，
然後休息60~90秒
再連續做15次。

全部做完也花不了30分鐘的
低階訓練課程……

1…
2…
3…

撐體

維持這姿勢20秒，
反覆做3次

鍛鍊體幹

哆嗦

哆嗦

這種總共有8項

可是不習慣做肌力訓練的我
已經累趴了……

辛苦了~

這些運動每個禮拜
只要做2次，
體質就會慢慢改變
的!!

呼~!!

結束了~

撲通~

第2天……

好痛喔……

全身痠痛得不得了……

哎喲~
連平常不會痠痛的地方
都痛了……

大概是用到平常不用的
部位的肌肉了吧……

嗚……
大腿
內側……

哆嗦
哆嗦

晃晃

搖搖

好痛喔……

雖然不知道會有多少效果……

目標是
一個禮拜
上2次~!!

但為了參加
溫哥華馬拉松，
我要加油~!!

耶~!!

請問金教練！ Q&A

請國外馬拉松經驗豐富的金教練
為我們解答各種疑問♪

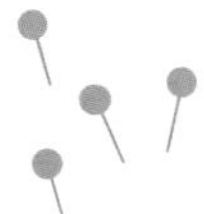

Q.攜帶補給品跑步時，
是不是應該隨天氣冷熱更換補給品的內容？

**A.天熱時必備的是含鹽分的補給品，如鹽飴等；
天冷時補充能量的補給品則不可或缺。**

Q.賽程中，腳抽筋了，該如何因應？
有沒有預防對策？

A.首先應暫停跑步，腳大拇指頂住地面，
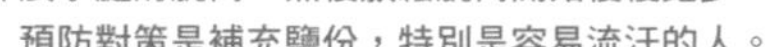
**伸展小腿的肌肉，然後放鬆肌肉開始慢慢跑步。
預防對策是補充鹽份，特別是容易流汗的人。**

Q.聽說有人冬天天冷參加路跑賽，因而患了低溫症，
對此有沒有什麼方法可以預防？

**A.只好事先準備好禦寒衣物。
在腰包裡放一件簡易式雨衣，以備突然下雨之需，**

也是個不錯的方法。

此外，身體擦一些按摩油等也有禦寒的效果。

Q.腳底長水泡，是因為跑步方法不正確嗎？
還有如果跑步時發現長了水泡，
該怎麼處理？

A.長水泡的原因有很多，可能是鞋子不合、
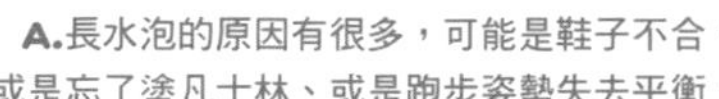
**或是忘了塗凡士林、或是跑步姿勢失去平衡、
或是路面的影響等等。
如果中途發現腳底不適，放慢速度從鞋外灑些水降溫也很有效。**

Q.目前為止，您參加過幾次國外的馬拉松？
印象最深的是哪一場賽事？

**A.大概有30次以上吧。
印象最深的是第一次出國參加的巴黎馬拉松，
從香榭麗舍大道起跑的路線華麗又繽紛。**

RUN
RUN
RUN
RUN
RUN
RUN
RUN

RUN~
RUN
RUN
RUN
RUN
RUN

RUN
RUN~……

初次體驗當補給站工作人員♪

從開跑的3天前開始展開一項名為「東京馬拉松 EXPO」的活動……
東京國際展示場
呼～
嘈雜
人聲
並進行志工說明會
很多補給站都在開說明會耶
品川補給站的志工朋友請到這裡來～!!
啊，我們的好像是在那邊。
人聲
嘈雜
芝公園補給站的志工朋友請到這裡來～!!
起跑點服務處的志工朋友請到這裡來～!!
進到會場裡發現補給站志工男女老少都有……
上年紀的人比我想像的還多～
我以為學生人數會更多呢……
人聲
嘈雜
想想這幾年作為自由插畫家，我一直是一個人隨性地工作……
不知道能不能勝任……
會不會反而給別人添麻煩……
不安
忐忑
我開始覺得有點不安
東京馬拉松參賽者約3萬人，擔任後援工作的志工人數則約1萬人。
TEAM SMILE
補給站志工
報到處志工
寄物處志工
交通指揮志工
分發號碼牌志工
等等
團隊名稱是「TEAM SMILE」
說明會上先放映影片介紹去年路跑賽流程
參賽者們陸續來到起跑點集合
好不容易才抽中參加權的跑者們一早就精神百倍地來到會場……

接著介紹
在幕後辛勤服務的志工們
負責物品搬運的志工們把東西放上卡車～
負責補給品和飲料的志工也開始準備
BANANA
以往自己一直是處在跑者的立場，
看了影片不由得感動起來……
原來有這麼多人在背後為我們做各種服務～
把跑者們平安順利送達終點，正是我們志工們的職責。
然後又聽了注意事項等，
最後領了東京馬拉松當天的工作服和帽子，
說明會也就結束了。
啊～我開始緊張了～
不過我還是要面帶笑容，全力以赴～
我越來越興奮了～
嘈雜
人聲
東京馬拉松當天早上——
呼～
我想2月在戶外活動應該會很冷，
所以是全副武裝。
帽子裡也貼了暖暖包
厚厚的脖套
TOKYO 2013
圓滾滾
TEAM SMILE
asics
TOKYO MARATHON 2013
裡面也貼了很多暖暖包
手套
這樣就萬無一失了!!
保暖褲＋2雙襪子
襪套
鞋子裡也貼了暖暖包
我們的集合時間是7點半……
大家早～～!!
組長
芝公園補給站
運動飲料組

可是，
集合以後道路暫時還沒封閉
也還沒開始準備，所以沒事做。
嗚嗚……
不動的話
就覺得好冷喔～!!
咻～
哆嗦。
哆嗦
同組的有已經來擔任過
好幾次志工的夫婦
和第一次參加的學生等等……
我們很想當
東京馬拉松的志工，
所以特地
從群馬縣過來。
在東京過夜～
從群馬縣過來!?
道路封閉之後，
載著各種設備用品的卡車
開了過來……
哇ー
哇ー
緊接著我們也忙碌起來
哇ー
哇ー
哇ー
哇ー
哇ー
哇ー
排桌子、折瓦楞紙箱當垃圾桶，
把運動飲料倒進杯子裡備用。
用板子隔層，
大量準備
庫存
唰
唰
紙杯裡的運動飲料的量
大約是比一半還少一點
倒太多喝起來
的確不方便
咳
!!
540
差不多這麼多吧？
Amino Value
這裡的對面車道正好是20公里處，
可以看見各組正忙碌地做準備
運動飲料組
20公里處
飲用水組
哇ー
哇ー
哇ー
哇ー
引導組
大家加油～

大家合力完成了準備工作!!
一長排~
Amino-Value
接下來就等著參賽者們跑過來。
9點多了，應該已經起跑了吧~
我也開始緊張了~
過了一會，四周漸漸嘈雜起來……
聽到加油的歡呼聲了
哇!
哇!
首先奔馳而來的是輪椅組的參賽者
咻!
哇!哇!
來了~!!
緊接著馬拉松的領先跑者們也跑過來了……
呼……
好快喔……
噠噠噠
頂級選手們是不會在這種一般補給站補充水分的，所以我們只先在一旁加油而已。
能這麼近看，感覺真是賺到了~
哇!
哇!
啪
啪
啪
啪
大概都自己準備了專用飲料
但是過了一會就有跑者過來拿飲料……
唰
啊拿了耶!!
有人拿飲料就很開心

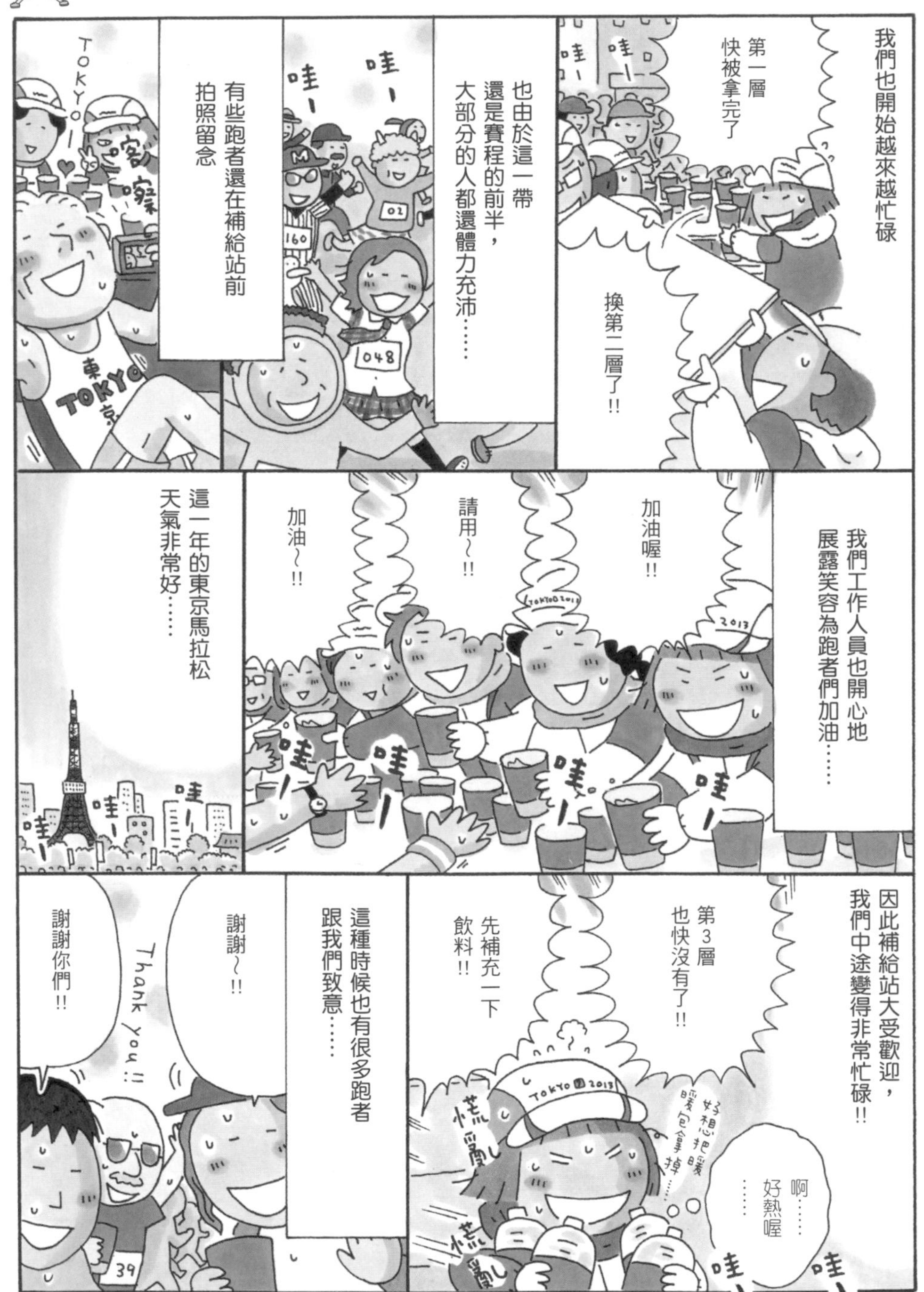
我們也開始越來越忙碌
第一層
快被拿完了
哇ー
哇ー
換第二層了!!
也由於這一帶
還是賽程的前半，
大部分的人都還體力充沛……
哇ー
哇ー
有些跑者還在補給站前
拍照留念
TOKYO
喀嚓
我們工作人員也開心地
展露笑容為跑者們加油……
加油喔!!
請用~!!
加油~!!
哇ー
哇ー
哇ー
哇ー
這一年的東京馬拉松
天氣非常好……
哇ー
哇ー
哇ー
因此補給站大受歡迎，
我們中途變得非常忙碌!!
第3層
也快沒有了!!
先補充一下
飲料!!
好想把暖暖包拿掉……
啊……
好熱喔……
慌亂
慌亂
哇ー
哇ー
這種時候也有很多跑者
跟我們致意……
謝謝~!!
Thank you!!
謝謝你們!!

(注) 嚴格來說，志工是不可以喝的。

之後立刻開始清理場地……
哇—
哇—
哇—
哇—
用灑水車清洗地面……
嘩啦—
哇!
哇!
交通管制解除後，立刻恢復了平常的街景……
對面車道的賽程還在進行中
哇!
哇—
噗~
嗯~真有效率……
終於結束了~
真的好開心喔~!!
呼~
參加路跑賽時……
偶爾會看到有人對補給站的志工很不客氣……
快給我飲料!!
巴士怎麼都不來!?
對不起~
巴士
實際當了補給站志工後，才了解其中真是充滿緊張與不安……
不知道我能不能勝任~
我要努力保持笑容~
也決定以後一定要更加感謝在場上為大家服務的志工朋友們……
謝謝~!!
加油喔~
啪
啪
這真是一次非常實貴的經驗
TEAM SMILE
TOKYO MARATHON 2013
賽後可以留做紀念

ビッグヴィジョン
跳舞為跑者加油!!
東京マラソンEXPO2013
TOKYO MARATHON EXPO 2013
2/21 THU ▶ 23 SAT
EXPO 2013
東京大マラソン祭り
帥
志工的制服!!
TOKYO MARATHON 2013
asics
TEAM SMILE
TOKYO MARATHON 2013
東京馬拉松那天紀子幫我準備了便當♡
のり弁～東京マラソン2013
・ひめどら（おやつ）
SMILE
2013.2.24
日後收到的感謝卡
THANK YOU ×10000
2013.2.24
仿富士山形狀做成的飯糰
自己做的西式泡菜

CHAPTER 3

值得紀念的第一屆馬拉松♪

沿著海邊跑，關島馬拉松！

在渡假地隨日出跑跑跑！（半馬，美國）

YUMIKO開始跑馬拉松
雖然只有2年的時間……

那我們就開跑吧!!

不過平常也練瑜伽、打高爾夫球，
積極從事各種運動，
身材一級棒!!

苗條
俏麗

開跑以後立刻發現
YUMIKO跑得很快……

這樣的速度
可以嗎？

可以!!

哎喲~

噠
噠
噠

這天是在市區裡跑步……

到六本木了~!!

呼…… 呼……

噠 噠

青山墓地

哇~
好漂亮的
櫻花~

呼…… 呼……

總共大約跑了10公里!!

辛苦了~!!

呼 喘~

然後借YUMIKO家的
浴室淋浴……

嘩啦~

啊啊~♪

喜歡做菜的YUMIKO
還為我們準備了餐點

這是Mozzarella
（莫札瑞拉）
起司草莓
番茄沙拉~

哇喔~!!

豐盛!!

這是小雞胸肉
和水芹、
文旦的沙拉~

每一道菜裡都有好多蔬菜，
非常美味又健康!!

YUMIKO活力十足、做事俐落又很會照顧人……
很會照顧人
等一下還有義大利雞肉燉飯……
嗞～
如果還吃得下，我再做納豆蛋包飯好不好？
2人很快和YUMIKO熟絡起來……
好～我要吃～!!
再多也沒問題!!
我也要～
喀啷～
打破酒杯……
很快就到了啟程的那天!!
轟～
這回的行程大致是這樣……
第1天：羽田(晚上) → 關島(深夜)／關島 住宿
第2天：辦理馬拉松報到／觀光／歡迎會／關島 住宿
第3天：凌晨4:30 半程馬拉松組開跑／關島馬拉松／觀光／關島 住宿
第4天：關島(上午) → 羽田(中午)／回來了～♥
到關島了～!!
第一次到關島
到的那天已經很晚了，看不清周圍的景色……
到飯店後立刻就寢……
呼～
呼～
第2天起來拉開窗簾一看……
啊!!

眼前是一片湛藍的海!!
哇～!!
海耶
我們這回是住在距馬拉松會場也很近，名叫關島太平洋島渡假村的大型渡假飯店……
早～!!
早～!!
簡稱 PIC
在這飯店還可以免費體驗各種活動……
獨木舟
風帆船
潛水
高爾夫
網球
射箭
and more…
想說先調整一下身體狀況，於是早餐前先來上晨間瑜伽課。
Good morning
教室前方就是海
雖然最近在健身房偶爾也會上上瑜伽，可是我身體比較硬……
嗚～!!
哆嗦
哆嗦
哆嗦
哆嗦
一直有正式學瑜伽的YUMIKO身體果然很軟!!
哇～!!
柔～軟
好軟喔～!!
好可怕!!
沒禮貌↓

而第一次做瑜伽的加藤身體出奇的硬……
哼
哆嗦
哆嗦
呼ー
妳……妳在做什麼？
前屈運動嗎？
而且還在最後的瞑想時間呼呼大睡……
叮鈴～～
叮鈴～～
搖鈴叫醒大家
加藤!!結束了啦!!
加藤!!加藤!!
呼～
呼～
咻咻
接著到飯店內的餐廳吃早餐……
沒想到做瑜伽這麼辛苦
我可能再也不會嘗試了……
明天還要跑馬拉松，我們剛才會不會努力過頭了……
搞不好會全身痠痛
是喔～？
接著去報到
會場離飯店很近，真方便～
人聲
嘈雜
不像梅鐸馬拉松那時候!!
沒想到這裡還設有日本人專用的報到處!!
JAPAN
GUAM/INTERNATIONAL
日本和關島之間交通便利，看來果然有許多日本跑者前來參加這項賽事。
領了紀念T恤和包包～
JAPAN
人聲
嘈雜
GUAM INTERNATIONAL MARATHON
後來聽說2155名參賽者中，日本人就占了849人。

之後回到飯店，在飯店裡的日本料理餐廳吃午餐。

馬拉松前一天還是吃平常吃慣的和食吧!!

日本料理
城花
HANAGI

哈哈哈

午餐是自助式，可以吃到飽……

多吃蔬菜……

米飯也要充分攝取……

呵呵呵

人聲

嘈雜

有梅鐸馬拉松的經驗做借鏡，因此提醒自己要吃得健康一點，而且不暴飲暴食……

不料，啤酒也可以無限續杯……

噗嚕~

夢寐以求的啤酒喝到飽!!

結果耐不住也就喝了

我本來想不要喝酒的~

這次只有跑半馬，應該沒問題吧？

沒想到不知不覺間就……

來 乾杯~!!

吃過午餐後在飯店裡走走逛逛……

面積約東京巨蛋的2倍

哇!

啊!

哇~游泳池耶~

好久沒打網球了，打打網球應該也不錯~

從前是網球社的

啪

哇~那跳床好像很有趣耶~!!

明天就要跑馬拉松，要是受傷可就糟了~

哈哈哈

彈~

彈~

因此決定
乖乖待在飯店前面的海灘……
呼~
呼~
YUMIKO
加藤
哈哈哈
噗通~
感覺像是來渡假的~♡
傍晚又去參加在飯店舉行的歡迎會
嘈雜
人聲
Guam Internatinal Marathon Pre-Race Dinner Banquet
6:00 PM
Pacific Pavilion
歡迎會上 YUMIKO 偶然遇見一位男性友人
啊，岡先生!!
一個人參加全馬組
歡迎會上幾乎都是日本人，氣氛也比較輕鬆……
有咖哩耶♡~太好了!!
熱熱鬧鬧
很多麵包
餐飲也是採自助式，決定先多吃澱粉類食物。
歡迎會之後，我們連同剛才那位男士趁興打起桌球……
打過去!!
殺球!!
看我的!!
啪!
嘿!!
嗚!!
健身打
大家不由得越打越起勁，玩得有點太激烈了。
我的手~
你明天還要跑全馬耶!
呼呼……

明天4點半就要起跑，得趕快睡覺才行!!
我們明天早上3點出發吧
好早喔～
我不知道睡不睡得著～
啊，對了!!
我聽說妳路跑賽前一天都睡不著，所以幫妳帶了可以幫助睡眠的泡澡粉。
KNEIPP
妳試試看吧!!
YUMIKO好體貼喔～
呵呵呵……
大概是因為那泡澡粉，我難得在路跑賽前一晚很快進入夢鄉……
呼～
呼～
呼～
鈴鈴鈴鈴……
2:00
可是沒睡多久又得起床了……
為了避開中午的暑氣，起跑時間才會訂得這麼早，可是……
根本還是晚上嘛……
呆～
起跑時間
全馬……4:00
半馬……4:30
昨天已經先在吃午餐的日本料理店訂好便當，所以這時間也能有早餐吃。
路跑賽當天能吃到飯糰，真的好感動喔～
還有香蕉～
梅鐸馬拉松之後，更是感受深刻啊～
嚼
嚼
烏龍茶
加藤是一個人吃2個便當

我們步出飯店時，外面還是一片漆黑……
澎澎
澎恰
哇!!
不久看到起跑點那裡正熱烈進行著火舞秀
好有南國氣氛喔～
澎恰
澎恰
澎恰
咻!
也看到昨天一起打桌球的岡先生在全馬組的隊伍裡
喔～
啊，岡先生～
昨天打桌球，現在不累嗎？
還好～
上午4點，全馬組約550名跑者開跑了……
海螺的聲音
ㄅㄨ～
哇—
哇—
哇—
接著半馬組也就起跑位置……
我想從前面起跑，我去前面囉～
哇喔～衝勁十足!!
嘈雜
嘈雜
人聲
上午4點半半馬組約480名跑者也起跑了!!
ㄅㄨ
哇—
哇—

關島
放大
START & GOAL
PIC
這回的半程馬拉松路線是沿著關島西側海岸來回一趟
機場
除了半馬組，還有全馬組、10公里組、5公里組喔♥
折返點
起跑後很快就經過這次的住宿飯店前面……
PACIFIC Island Club
呼
呼
接著要跑一段上坡路……
暗暗的看不太清楚，不過大概是上坡路～!!
9670
嗚
再往前跑，來到一條大馬路……
呼
呼
噠
噠
可是街道也都還沉浸在夜色裡，只有便利商店和加油站是開著的。
76
K
76
呼
呼

但還是時而傳來加油聲……
咻～♪
good job～!!
嘿，有人耶……
影子
也有補給站……
哇～
哇～
GUAM INTERNA MARATH
類似杯子蛋糕的東西
然後又進入漆黑寂靜的道路……
旁邊大概是海吧……
雖然看不見……
嘩啦～
嘩啦～
5km
對面車道已經有折返回來的跑者……
好快喔～
噠
噠
這時我發現……
……喔？
9670
噠
噠
旁邊的車道有個身影
!!
噠
噠
那正是宛如運動健將般飛奔而去的 YUMIKO!!
635
噠
噠
噠
雖然只瞥見一眼，不過應該是 YUMIKO 沒錯……
像是在追捕獵物的豹一般……
噠
噠

哎呀～我得加油一點才行～
嗚
9670
可是我這次不知道為何也老是跑不快……
啊
去程
呼……
回程
不久加藤也擦身而過……
我也終於來到折返點
GUAM
296
呼……
呼……
10.5 km
呼～
噫？
過了折返點映入眼簾的是……
GUAM INTERNATIO MARATHO
哇
東方漸漸發白的天空
天亮了～!!
006
完全沒注意反方向的天空是這樣的～
咯咯咯咯～
不知道從哪裡傳來雞的叫聲
好漂亮喔～

再仔細一看，
月亮也還掛在天上……
啊!!
這就是在
伊平屋月光馬拉松
沒能實現的
月亮伴跑啊~
咯咯咯
咯咯~
現在要暫時
在月亮的陪伴下，
向著朝霞跑步。
CM
伊平屋月光馬拉松詳情
請參考《一個人邊跑邊吃》♥
去程沒看到的海
也在朝霞裡如夢似幻地浮上來……
原來是
這樣的景色
……
嘩啦
哇~
也可以清楚看見加油的民眾，
情緒也因而高漲起來……
yeah~!!
good job~!!
3Q—
3Q—
哇~
哇~
9670
可是不一會太陽就開始升上來……
好刺眼喔!!
閃—
16km
早上3~!!
0241
氣溫也隨之上升，
路上的車子
也越來越多。
噗噗噗……
呼……
呼……

哇—哇—
不……不趕快跑完，會越來越辛苦……
咕嚕
咕嚕
太好了!! 只剩下2公里!!
2K TO GO
這次的路線有很多上下坡，雖然都不是很陡……
呼……
又是上坡～
I ♥ GUAM
Hafa Adai ♥ Si Yu'os Ma'ase!
下坡了～
太好了～
努力往前跑著跑著，終於看到那座熟悉的飯店……
啊!!
PIC!!
看到PIC就表示快到終點了～!!
閃—
背後頂著燦爛的朝陽，做最後衝刺……
哇—
哇—
耶～♥
FINISH
以2小時15分17秒的成績跑達終點!!
呼……
呼……

先完跑的2位跑友也在終點門等我……
辛苦了～
啊
呼……
呼……
2人的成績是加藤2小時7分44秒YUMIKO 1小時48分6秒
YUMIKO妳跑得好快喔～!!
好多上下坡喔～
可是很遺憾沒能刷新我的最佳紀錄!!
而且YUMIKO還榮獲分齡組的第1名!!
好組第4名
也會在之後的頒獎典禮上接受表揚
可是聽說頒獎典禮是和全馬組一起，不知道要等到什麼時候。
難得有這種風光場面，我們就喝喝啤酒在這裡等吧。
FOOD
然而關島規定酒類販售時間是上午9點到半夜2點……
NO～
什麼!?還不能賣!?
打擊手
這時候才7點……
嗚嗚嗚……啤酒……
天氣越來越熱了……
全馬組這時候還在跑呢，真辛苦～
特吃
大吃
不知道跑園先生跑得怎麼樣～
之後頒獎典禮也一直沒要開始的樣子……
呼～
呼～
乾脆睡覺

先是到了販售酒類的時間……
9:00 a.m. came~~!!
↑廣播
我要買啤酒~!!
好的好的好的~!!
結果快10點時頒獎典禮才開始，YUMIKO也上台領獎很是風光。
啪
啪 啪 啪
MISS WORLD 2012
關島小姐
啪
哇-
啪
咻-
啪
哇-
晚上到了一家聽說很受歡迎的查莫洛料裡餐廳
PROA
嘈雜 嘈雜
嘈雜
乾杯~!!
哇~
關島的傳統料理
老實說這3人給人的感覺完全不一樣，很容易讓人覺得奇怪我們到底是怎麼樣的朋友，怎麼會湊在一起……
如果要比喻成妖怪人間的話……
我們不是
壞人啦~
貝羅？ 貝拉!! 貝姆!!
可是這樣的3個人卻因為馬拉松結緣，像這樣在關島一起喝酒……
啤酒之後改喝紅酒♥
這紅酒好喝~!!
真是不可思議又有趣……
2人都很會喝~
雖然短暫，卻是一趟體驗南國風情的關島之旅。
轟轟~
第2天早上就回國了~~

如畫一般的南國渡假地!!
哇~~!!
LOKOMOKO西式蛋餅版
加藤的早餐
我的早餐鬆餅
Photo Gallery
吃自助式午餐,盤裡滿是蔬菜,健康養生!!
開動了~!!

早餐的便當
快到終點了~!!
PIC
在關島跑步~!!
I ♥ GUAM
跑完後吃炒飯（加藤）
頒獎典禮還不開始嗎？
INTERNATIONAL MARATHON
可愛的紀念餅乾
完跑獎!!
yoplait
original
SERIES
THINS
跑完喝椰子汁!!
跑完喝啤酒!!
PINCH TOP CAN
Miller Lite

金黃色的啤酒!!
Corona Extra
BECK'S
蔚藍的天空!!
湛藍的海!!
咻~!!
關島美食
查莫洛料理
又近又便宜的渡假地
Photo Gallery
紀念品
顏色很可愛♡
GUAM INTERNATIONAL MARATHON
INAUGURAL 2013
GUAM INTERNATIONAL MARATHON

這回的路線雖然陡坡很少

喘……
呼……
喘……

不過筆直的路也很少，漸漸地腳也開始吃不消……

緩緩的上坡和下坡連綿不斷

逍遙悠閒的渡假地……

呆～

感覺和熱海有點像……

譯註：熱海位於日本靜岡縣東部的觀光度假地。

完跑後，領到了香蕉、蘋果、柳橙和優格等。

還附一個包包

GUAM INTERNATIONAL MARATHON

YOP

領了優格馬上就吃起來的外國人。

舔

是不是全世界的人都會那樣舔優格的蓋子……

我看了心想……

在去程的飛機上喝紅酒……

轟～

喃～

啊

喀啦

啊～!!

灑

紅酒全灑在我的包包裡……。

經常打翻紅酒的女人……。

一起打桌球的岡先生也順利跑完全馬!!

閃

閃

YUMIKO不論何時何地照相都是笑容甜美……

我請教YUMIKO照相時該如何擺姿勢

嗯～

這……這樣嗎？

嘴角再往上一點!!

加油!!

從關島平安回來了……
啾……
啾……
可是我的心情卻有些低落
啾……
啾……
…
Mangoes
DFS
原因是關島馬拉松的成績不如理想!!
……
為……為什麼呢？我就跟平常一樣地練習，怎麼會跑不快呢？
身體也覺得很重!!
難道是我的身體狀況不佳!?
起身
還不到一個月就要去跑溫哥華馬拉松了，我這樣行嗎!?
如果又中途棄權怎麼辦～
啊
梅鐸馬拉松的噩夢又再度浮現……
於是開始拚命練跑
嘿咻
嘿咻
隆隆隆……
也在健身房努力做肌力訓練……
哼
哼
有朋友找我出去玩，我也積極建議一起去運動。
那我們去爬山或者去游泳，好不好？

出遊那天剛好下雨，所以到有游泳池的溫泉區。♥

KASUKABE 湯元溫泉

朋友

有一天也在游泳池裡努力游了2000公尺……

嘩啦 嘩啦

然後又去做岩盤浴，出一身汗……

汗水淋漓～

呼……

呼……

之後去吃燒烤

我最近想增加點肌肉，所以經常都吃雞肉!!

不喝酒

雞肉有豐富的蛋白質!!

烏龍茶

是喔～

溫哥華馬拉松之前，我要盡量多方努力!!

嚼 嚼

典型的到最後關頭才開始拚的那種人!!

到了8月31日才開始趕暑假作業♥

YUMIKO也找我們一起去體驗踢拳道

聽說踢拳道對鍛鍊體幹很有幫助喔～

要不要試試看？

我從來沒做過這種格鬥式運動，有點緊張……

忐忑不安

請多多指教～!!

阿力～

朋友

踢拳道教室 RIKIX

前日本踢拳道羽量級冠軍 小野寺力先生

編注：踢拳道（Kick boxing），又稱國際自由搏擊，有美式與日式風格。

沒想到進去裡面一看，女性還真不少。
砰 砰
有人來這裡是想減重，也有人是來紓壓～
也有很多家庭主婦喔
為避免受傷，先充分做過伸展運動後，教練才教我們基本技法。
左腳稍微向前，左手直直打出去……這就是「左刺拳」。
咻
右手護著要害下巴!!
一邊把左手收回來，一邊用右手直直打出去，這就是「右直拳」。
這時候抬起右腳跟並扭轉身體，讓出拳更有力。
換成用左手防禦下巴!!
轉
啊，忘記把手放到下巴那裡!!
咻
咻
把這兩個動作連起來就是左右連拳
來左右連拳!!
除此之外還學了其他技法，感覺每一種都不只用手而是用全身來打拳。
左勾拳
一邊扭身轉向旁邊然後出拳
右勾拳
一邊扭身一邊往上出拳
但是實際上一試，發現很難打出強有力的拳。
來左右連拳!!左勾拳右勾拳
啵
咻
咻
好像貓在玩耍一樣～
啪

不過有時身體配合得很好，就能打出漂亮的一拳!!

很好!!

砰

哇喔~!!

我好像有點了解為什麼體幹對踢拳道很重要了

ㄎㄤ—!!

再來!!

漂亮~

砰

砰

打回合就累斃了~

不行了~!!

很高興的樣子

平常有在練習的人打起來光聽聲音就很震撼……

砰

啊~

砰

如果也會那種腿法一定很酷~

啵

呼~

砰

是不是像這樣啊？

砰

啊~

嘿!! 妳拿我這個作者當試驗品啊？

呵呵……

咻

咻

凶暴起來

這之後教練也指導我們如何鍛鍊體幹……

斜身而把手放到腋下

嗚~

哆嗦

哆嗦

哆嗦

然後再伸直

體驗課程結束了

大家

辛苦了~

謝謝~!!

對了！我還要去買跑馬拉松時的能量補給品。
梅鐸馬拉松時什麼都沒帶，真是失算～
這次一定要帶～
檸檬酸
Power Bar
VESPA
VAAM
SOYJOY
鹽
買哪一個好呢～……
這時發現了這東西
SAVAS
完跑組合包
目標完跑刷新紀錄！
蛋白質
噫？完跑組合包？
完跑組合包把從跑前到跑後需要的各種營養補給品集合在一起……
跑前喝能量果膠
20公里處的能量包
30公里處的能量包
完跑後喝的能量果膠
之後喝的蛋白質能量包
嗯～這個不錯嘛～!!
除此之外還買了補給品和話梅等等
完跑組合包
電解質補給錠
Amino-Value
鹽
話梅
味噌湯
味噌湯
蜆仔湯
每天在一片慌亂中度過……
衣服
鞋子
帽子
隆隆隆……
ZZZ
ZZZ
!!
影子拳
咻
咻
咻
肌肉增加一點了!!
鮭魚看來很好吃耶～
溫哥華
一定要嚐嚐楓糖～
工作也要加油～
終於要啟程前往決戰地溫哥華～!!
GO～
慌慌張張
哇
忘記買凡士林了～

CHAPTER 4
享受大自然……
溫哥華馬拉松
UN

來到楓糖的故鄉♪

這回的行程大致是這樣……

第1天	第2天	第3天	第4~5天	第6天
成田 → 溫哥華（上午抵達） 辦理馬拉松報到	友誼賽 馬拉松講習會	8:00起跑 溫哥華馬拉松	觀光	溫哥華（中午起飛）→ 成田（第二天抵達）
溫哥華 住宿	溫哥華 住宿	溫哥華 住宿	溫哥華 住宿	回來了♥

而這回的座右銘是這個!!

馬拉松起跑前……

絕不過勞

到達後先去辦裡馬拉松報到手續……
CONVENTION CENTER
人聲
嘈雜
領了拉繩背包～
T恤是長袖的耶～
接著去超市買一些可能會用到的東西……
多買一些水吧
我還想買水果和優格
我還要買楓糖～
5L
然後去飯店裡的餐廳吃了有許多蔬菜的晚餐……
The Listel Hotel 內
「forage」
蔬菜好新鮮喔～
吃起來好清脆
好好吃!!
加拿大啤酒!!
咕嚕
咕嚕
這天早早就寢
呼呼呼
第2天早上……
啾
啾
我們參加了一項「友誼賽」的路跑活動……
啊!!
沒想到在那裡遇見金教練!!
早～!!
人聲
早～!!
嘈雜
金教練每年都應邀擔任溫哥華馬拉松的特別來賓

友誼賽是在溫哥華馬拉松路線中的史丹利公園內慢跑3公里……
這公園好大，感覺好舒服~
噠
噠
跑完之後還可以享用簡單的餐點
免費參加還有得吃~
主辦單位接著介紹在這次賽事中擔任定速員，又稱「兔子」的工作人員。
3:30
3:40
3:45
4:00
4:15
4:30
4:30
哇!
哇!
哇!
定速員(Pacemaker)……
馬拉松比賽時，依目標成績以固定速度前進帶領跑者的人
對了……要想跑出好成績，跟著定速員也是一個辦法……
說的也是~
不過我記得定速員好像是跑跑走走地前進喔
什麼!?
確認的結果得知定速員果真是以跑10分鐘然後走1分鐘的步調在前進
10分鐘 RUN
1分鐘 WALK
我們沒這樣跑過，很可能跟不上~

活動結束後，來到紀子推薦的一家餐廳……
我以前在這裡吃過義大利蛤蜊麵，好吃極了～
WATER ST CAFE
哇～蛤蜊的味道好濃喔～
好吃!!
好吃!!
溫哥華的飲食真是把食材的精華發揮到極致
蛤蜊濃湯
蛤蜊切得碎碎的
開心地吃過午餐後，到附近散散步。
哇～好漂亮的花～
找到楓葉了～
5月的溫哥華氣候宜人，到處開滿了花，大家看起來好幸福的樣子……
然後睡一下午覺……
熟睡
傍晚去參加馬拉松賽前講習會
和梅鐸馬拉松的這時候比起來，行程輕鬆多了～
梅鐸的時候好忙喔～
梅鐸馬拉松前一天的時候
為了參加餐會，在酒莊前面等了1個小時……
艷陽高照
筋疲力盡～

講習會是在一家飯店裡舉行……
大家好~!!
主講人是金教練!!
明天氣象預報
明天，溫哥華馬拉松就要開跑了!!
明天溫哥華的氣象預報是晴朗的好天氣!!氣溫也會上升到25度C左右，會感覺相當炎熱。
溫哥華馬拉松每一英里就設有一處補給站，所以各位要好好利用，勤加補充水分。
25°C……
25°C……
25°C……
在場的全是明天要參加馬拉松比賽的跑者，大家一臉認真……
沙沙沙沙
接著是回答參賽者們提出的問題
有跑者問什麼是理想的配速……
這裡我拿兩個例子畫成曲線圖
超速
勻速
理想的配速
finish
一個是不猛衝，大致維持相同的速度跑達終點；一個是前半衝太快，結果後半的速度越來越慢，好不容易才完跑。
就算以相同成績完跑，前半衝太快的人肯定跑得比較辛苦。
特別像這次的溫哥華馬拉松，賽程前半有很多長距離的坡路，下坡的時候很容易衝太快……
喘……
喘……

坦白告訴各位，
這場馬拉松
要是一開始衝太快，
後面鐵定會死得很慘!!
啊
!!
哈哈哈
跑前半賽程時該如何
預留體力給後半，
就是這場馬拉松的關鍵了。
死得很慘……
嘈雜
死得很慘……
嘈雜
此外金教練還說……
至於如何看待距離，
如果1公里1公里的來看，
就會覺得42．195公里
非常漫長。
5km……
10km……
15km……
20km……
25km……
用5公里5公里來看，
也會覺得很長……
現在是8公里，所以還有34．195公里～
所以我就大致
分成3等分來看!!
START
14km
28km
FINISH
3……
3等分!!
嘈雜
嘈雜
什麼
大致嘛!!
這樣想的話會覺得很快就跑完了～
哈哈哈
我想明天
太陽會很大，
請大家務必戴帽子。
太陽照到後腦時，可以把帽子前後顛倒過來戴。
容易流汗的人要特別注意補充鹽份!!

太陽很刺眼的時候，
會不知不覺低著頭跑，
姿勢也容易變差，
所以最好是戴太陽眼鏡。
糟糕!!
我沒有太陽眼鏡!!
打擊—
聽了金教練種種有益的建言，
講習會也告一段落!!
啪
啪
我明天
希望用4小時半的
時間完跑，
各位也好好加油囉!!
啪
啪
啪
喔!?
金教練，
您明天要用4小時半
完跑的速度來跑嗎？
我是這麼打算的!!
啪噠
啪噠
那我們可以
跟著您跑嗎？
當然可以啊!!
哇—
就這樣我們非常幸運地
有了金教練當定速員……
然而我卻一直找不到
適當的太陽眼鏡……
沒有賣
跑步用的耶……
還有預定去買
明天早餐的飯糰的
日本食品便利商店……
KONBINIYA JAPAN CENTRE
沒……
沒有!!
空
不知道是不是
被其他的日本跑者買光了，
飯糰竟然賣完了……

幸好我們想比賽前一晚
非吃和食不可，
早就預約好日本居酒屋。
歡迎光臨～
葉っぱ
hapa izakaya
有泡菜鍋
還有石鍋拌飯～
也有韓國菜
喔！
歡迎光臨～
客人
越來越多了～
聲音好大喔……
喔！
歡迎光臨～
我們點
SUSHITARUTARU、
HANABIRORU
還有 TORIKORORU
吃吃看吧～
壽司菜單
這次我和紀子都決定
比賽結束前，絕不喝酒!!
這個人有喝
還是吃
平常吃慣的和食，
感覺親切又療癒～
味噌湯～
還外帶了飯糰，
明天的早餐也就有著落了!!
太好了～!!
接下來就只剩好好入眠，
以迎接明天的路跑賽。
這次也帶了
安眠泡澡粉!!
哈哈哈
可是不知道是
要跑全馬壓力太大……
還是中午小睡一會的影響……
這天晚上一直睡不著……
哇～
趕快
睡覺啦～!!
眼看起跑時間
越來越逼近了!!

溫哥華馬拉松當天早上……
幾乎沒睡……
換好衣服整裝之後，開始吃早餐。
我從日本帶了蛋糕～
我帶了味噌湯～
有飯糰也有香蕉，早餐這樣沒問題了!!
我們還吃了很多預先買好的食物和從日本帶來的東西……
也喝了完跑組合包裡的賽前能量果膠，能量滿檔!!
吸～
咕嚕
咕嚕
接著搭電車前往起跑點所在的伊莉莎白皇后公園
嘈雜
嘈雜
嘈雜
哇～已經有好多跑者了～
嘈雜
Vancouver Marathon
出了車站到公園的一路上，感覺就像是去野餐……
啾……
啾……
清爽的早晨～♪
就這樣我們順利來到起跑點!!
人聲
嘈雜
耶～

不久之前，
波士頓馬拉松在終點附近
發生了恐怖攻擊的悲慘事件……
基於追悼這事件，
跑者們都別著波士頓馬拉松
象徵顏色的黃色緞帶參賽。
啊!!
開跑前順利發現
金教練的蹤影!!
金教練～!!
金教練……
您頭上那個東西
是什麼呀？
這是錄影機!!
這次我想試試
一邊跑一邊錄影!!
哈哈哈
好像古時候男生的髮辮喔……
盯～
這次我們3人
非緊跟著金教練完跑不可……
不知不覺間
起跑時間越來越逼近了……
請保佑我們
順利完跑～!!
半路上不要
累得跑不動，
不要腳抽筋～!!
啪
啪
一定沒問題的啦～
上午8點
約5000名跑者
在一片晴朗中開跑!!
哇—
哇—
咻—
哇—
RUN START

Vancouver Marathon Map
這回的路線先是一段綠意盎然的連綿起伏的坡路，然後沿著海邊跑，最後又回到市區抵達終點，路線富於變化。
35km
40km
GOAL
20km
30km
25km
前半段坡路連綿，高低差多達100公尺!!
15km
START
10km
5km
跑者起跑之後往往會想往前衝，但我們3人緊跟著金教練，一步步往前跑……
對了，妳們這次的目標是什麼？
哇ー
哇ー
緊跟……
哇ー
噠
噠
噠
這次的目標是「回歸初心」!!
沒錯!!這回要謹慎穩健……而且絕對完跑!!
哈哈哈
噠

起跑以後先經過
充滿家庭氣氛的住宅區，
感覺好溫馨……
6km
Yeah~!!
啪
啪
Happy Sunday!!
BAZINGA
BAZINGA!
YOU CAN DO IT!
哇!
哇!
接著馬上來到那段
連綿起伏的坡路!!
砰~~!!
出現了~!!
我在這種上坡路段
也很想緊跟著金教練……
加油~!!
噠
噠
噠
無奈速度漸漸慢下來，
距離也就被拉開了。
啊~!!
噠
噠
呼
呼
2人
都跟上了
我自以為已經
很會跑上坡路了，
看來速度上
還是完全不行啊~!!
哇
不過才開跑沒多久，
我絕對不能被拋在後頭!!
於是，我只好在不是上坡的地方
稍微加快腳步追上去……
哇喔~!!
衝衝衝……

不過，下坡時我就小心翼翼地
盡可能不要衝擊到腳。
輕輕的……
金教練的教導
不要小看下坡!!
輕輕的著地……
忙碌
忙碌
縮小步幅，增加步頻!!
然而賽程前半
真的是坡道連綿……
好不容易才追上
又是上坡~!!
哎喲
氣溫也不斷上升，
讓人忍不住說出這樣的話……
呼~
才10公里啊……
10 km
好熱喔
加藤，
現在還不能在意
跑了多遠!!
到了12公里時，
才可以告訴自己
「已經跑完了
3分之1」!!
哈哈哈
唉~
我都給忘了!!
……高木
3分之1是
14公里喔……
打擊手!
啊
沿途有很多加油群眾
拿著手作的加油牌，很是有趣。
哈哈哈
上面寫汗水
是性感的~
咻~!!
SWEATING IS SEXY
哈哈哈

而且……
So pretty!!
!!
敬馬
嘿，有人跟我說So pretty耶～
這句我聽懂了!!
什麼～妳該不會聽錯了吧？
真的啦!!
在這樣的加油聲中順利地來到14公里處
太好了～
14 km
3分之1!!
而金教練的姿勢真的非常漂亮
挺
從後面看上去很明顯和別人不一樣～
嘻!?
對了，金教練在昨天的講習會上也說，有時候要像這樣放鬆肩膀……
啪啦～
啪啦～
哈
哈
我完全給忘了!!
啊，現在又換成拍屁股了!!
啪
啪
要做一下才行!!
啊
哈
哈
對了！金教練也說過要拍拍屁股!!
我們也要做才行!!
啪
啪
啪
啪
啪
在後面一一跟著做

不知不覺間，
海映入了眼簾……
海耶～!!
距離也過了一半，
已經跑完21公里!!
哇哇!!
2:14:13
Half Way
Mark
果然是以
大約4小時半
完跑的速度
在跑耶～!!
不愧是
金教練!!
到這裡好不容易3
人都跟上了金教練
對了！
我忘了喝
完跑組合包裡
要在20公里處
喝的能量包!!
也必須
好好補充能量……
吸～
賽程後半
是沿著海邊跑……
噠
噠
噠
GO

但是陰涼處越來越少，
天氣又熱……
呼……
呼……
而且陽光好刺眼……
我還是需要
太陽眼鏡……
小高!!
那裡有人在發
太陽眼鏡喔!!
真的～!?
沒想到竟然有
太陽眼鏡可以拿!!
哇～～!!
啪
啪
我一直覺得自己
不適合戴太陽眼鏡……
不好看……
可是在這種大太陽底下跑步，
還是需要太陽眼鏡。
哈哈哈哈!!
很像
湯姆貓!!
太陽眼鏡
初體驗

依然碰到上坡路
就會落後的我……
哇!!
RUN RUN
噠
噠
只好在其他地方加緊腳步，
因而經常處在緊張狀態……
嘿!
water
哇
哇
補充水分時
也經常速戰速決!!
追趕快~
8970
後來紀子身體有點不舒服……
我的腳好像快抽筋了，
我去旁邊做做伸展運動
再跟過去~
啊?
24 km
要不要緊!?
剩下我和加藤在後頭
追著金教練……
加藤跟得非常好……
緊跟!!
呼……
呼……
總算隨著金教練
來到28公里處!!
28 km
3分之2!!
8907

接著在30公里處
要上一座名叫
Burrard橋的長橋……
RUN VAN
30 KM
哇—
哇—
可是橋上有強風
從側面吹來……
呼～～
哇!!
8970
我又被拋在後頭了……
加藤
噠
噠
啊
一邊望著2人逐漸消失的背影……
噠
噠
哇～
大概追不上他們了……
抽泣……
我如此心想
沒辦法……
接下來只好按著
自己的步調去跑。
吸～
完跑組合包中
在30公里處喝
的能量包
金教練
再見……
過了橋又是一片
恬靜的公園……

哇～
這裡真的好漂亮喔～
來照幾張相～
我平常都是一邊跑一邊照相留做資料用……
嗶嗶
噫？
啊!!
記憶體容量不足
記憶體滿了!?
怎麼會這樣……
慌
為什麼??
喀嚓
嗶嗶
喀嚓
喀嚓
嗶嗶
雖然這次加藤也一邊跑一邊幫我照相，可是主要的照片還是用這相機在照……
這對我這插畫家而言是一大危機!!
糟糕!!
接下來會看到很多漂亮的海景耶!!
※以後要畫漫畫的時候問題很大
8970
我得盡快告訴加藤這件事才行!!
緊要關頭的插畫家精神
於是我又再度奮力衝刺追趕2人!!
嗚喔～!!

剛才在橋那裡，
我覺得我已經不行了，
可是人真的很難講。
原來我還
跑得動嘛……
呼……
呼……
可是明明很賣力地跑，
卻絲毫不見2人的蹤影……
哇～
他們2人
跑到哪裡去了～
這裡我
也想照下來
呼……
呼……
噠
噠
34km
距離真的被拉得
很遠嗎……
嗚嗚……
搞不好
已經追
不上了……
就在我
正要放棄的時候……
高木!!
金教練和加藤
竟然出現
在我後頭!!
啊!?
我剛去上了一下洗手間
結果看到妳跑在前面～
我哪裡追不上他們，
不知不覺間還超前了呢。
哎喲～
累歪了～
不過至少
順利傳達了訊息……
因為這樣這樣，
所以加藤妳
用妳的相機
多拍些照片～
我知道
了!!
8907

任務達成，正鬆一口氣時……
高木，妳的個人最佳紀錄是多少？
4小時17分
喀嚓
大阪馬拉松那時的……
現在我們是以4小時15分完跑的速度在跑，說不定妳可以刷新紀錄喔。
什麼～!?
金教練和加藤從剛才就加快速度在跑，我都不知道……
機會難得，我決定努力緊跟著跑……
刷刷新紀錄？
哎喲～
這一段路線是廣闊的史丹利公園內連綿的沿海道路……
日文裡形容腳很累的時候說：「腳變得像木棒一樣」……
這時我的腳已經超越木棒的境界，感覺變得像石頭一樣!!
哎喲～大腿前側硬梆梆的，像石頭一樣～
顫動
顫動
顫動
雙腳已經疲勞至極了
哇～不過我要努力撐到42公里～!!
38 km
吃!!
吃!!
話梅
顫動
顫動

這時不經意往前一看……
咕嚕……
噫……金教練不見了……
啊，高木，金教練說他肚子有點痛，接下來的路段要慢慢跑。
什麼—
8970
就這樣在38公里處和金教練分開，只剩我和加藤這2人組。
但是我和加藤的距離也越拉越遠……
嗚～!!
加藤～
39 km
在這一帶我的身體已經完全不聽使喚，真的跑得非常辛苦……
只……只剩3公里……
呼……
呼……
然而我卻不由得高興地笑了起來
因為真的就快終點了……
也因為我從賽前就一直很緊張不安，現在能跑到這裡真的是非常開心……
偶然這樣一起跑步的其他跑者們……
也一定有很多感想和故事才會來到這裡……
呼……
呼……

所以我覺得馬拉松
雖然只是單純的跑步，
卻是一項妙趣無窮耐人尋味的運動。
呼呼
氣喘
8970
雖然很辛苦
顫動
顫動
終點所在的市區
已經出現在海的那頭
喔喔!!
跑到那裡
就到終點了~!!
目標物映入眼簾，叫人好開心。
哇
……這時發現加藤
放慢速度跑在前面
哇ー
哇ー
蹣跚……
加藤妳怎麼了!?
腳上的
水泡破了，
好痛……
加藤的腳
也好像不行了
哎呀~
我慢慢跑
加油~
真的只剩一點點路就到終點了!!
這時候這個人在做什麼呢……
碎念……
碎念……
41 km
喀嚓
喀嚓
喀嚓
嗶
嗶

至……至少快跑達終點的時候，一定要照幾張相……
把記憶體裡不要的照片刪掉，留一些空間……
喀嚓
喀嚓
嗶嗶嗶
穿過公園來到兩旁高樓林立的大馬路上……
氣喘
啪
啪
哇
吁吁
POWER
8970
夾在高樓大廈間……
在歡聲和喜悅籠罩下的終點門就在眼前……
哇
啪
啪
哇
LAST
正因為梅鐸馬拉松時中途棄權……
能順利看到這幅景象更是無比歡喜……
耶~!!
耶~!!
啪
哇
5006
就這樣我以4小時19分53秒的成績完跑了溫哥華馬拉松!!
RUN FINISH
耶~!!
8970

完跑後的疲憊
幾乎是參加過的路跑賽中最嚴重的，
我坐在路肩一時起不來……
嗚嗚……
我的腳……
哇～
哇～
痠痛～
呼……
儘管沒能刷新個人最佳紀錄，
不過在上下坡路段連綿的這項賽事中，
我已經盡了最大的努力。
加藤
4:23:08
辛苦了～
之後也順利和隨後跑達終點的
加藤、紀子碰頭……
辛苦了～
紀子
4:47:20
我們踉踉蹌蹌地走回飯店……
Japanese
dle House
拉麵
丸子
OPEN
我肚子好餓……
咕～
咕～
我先去這裡一下
再回飯店……
那我們先回去囉～
沖過澡之後，
開始呼呼大睡……
呼嚕～
呼嚕～
呼～
面膜
貼布
到了傍晚
體力也恢復了些……
3人到可以一覽海景的
海鮮餐廳慶功!!
THE BOATHOUSE
SEAFOOD GRILL & P
哇～
乾杯～!!
哇～
ㄎㄤ——!!

這回從出發前到完跑一直都是戒酒狀態，因此更深深體會啤酒的美味。
啊啊……好好喝喔!!
好幸福喔～
哇～好好喝喔!!
咕嚕
咕嚕
咕嚕
這個人一直都有喝酒……
加上滿桌的海鮮料理
哇喔～!!

想想正因為有梅鐸馬拉松的遺憾，才會有今天這種喜悅……
我來切鮭魚～
這螃蟹好好吃!!
哇～生蠔～
呼嚕
呼嚕
心中對梅鐸馬拉松、溫哥華馬拉松這兩項賽事充滿了感謝。

第2天起……
嗚喔喔～!!
雖然全身痠痛，還是在溫哥華四處觀光。
哎喲～吊橋一晃，痠痛更嚴重了～!!
卡皮拉諾吊橋
這次3人都變成僵屍樣了～
好痛喔……
搖晃
搖晃

充滿大自然的溫哥華風景優美……
格勞斯山
哇~
山頂上還有這麼多雪耶~!!
巨大木雕
熊耶~
吃的東西也非常美味……
固蘭湖島
好漂亮的莓果~
參觀啤酒工廠
MASH MIXER
剛釀好的鮮啤酒
咕嚕
咕嚕
GRANVILLE ISLAND BREWING
啟程前有朋友跟我說……
妳去了加拿大一定會愛上那裡的!!
我果然完全愛上這裡……
啊~好喜歡這裡喔……
那妳在這裡租一間房子當工作室好了
譬如夏天的時候
那我就來這裡跟妳商討工作
我希望以後還有機會到這裡來，不論是旅遊還是跑馬拉松。
買了很多楓糖當伴手禮
Maple
Maple

耶~~!!
洛磯山脈~~!!
米弄錯了
Photo Gallery
加拿大的鈔票
CANADA
10
楓葉耶~
加拿大郵筒
CANADA POST
POSTES CANADA
蒸氣鐘前面的店
全馬定速員
呵呵呵……
半馬定速員
跟得上我們嗎!?
絕品蛤蜊麵!!

早餐
飯糰!!
すっぱい干し梅
塩熱サプリ
這次帶的
補給品!!
RUN START
Photo
Gallery
FOX ROCKS
太陽好刺眼!!
哇ー
哇ー
從這裡起跑!!
萬里無雲的好天氣
咻~!!
BAZINGA!
Jeff
John
Pete
晴朗
晴朗
耶~~!!

景色絕佳的溫哥華馬拉松

哇喔~

終點就在眼前!!

加油~就快到了~

一望無際的藍天

完跑後吃霜淇淋~!!

呵呵~

用加拿大啤酒乾杯~~~!!
午餐吃漢堡♡
咕嚕
咕嚕
Photo Gallery
卡皮拉諾吊橋
海鮮燒烤~♡
吼!
到山頂就可以看到了!!
USE MOUNTAIN
THE VANCOUVER
TROLLEY
鮭魚和酪梨的壽司~
啤酒標籤上也有楓葉~
CANADIAN

溫哥華馬拉松有很多女性跑者參加

衣著鮮豔色!!

也有許多看來非常健康又厲害的歐巴桑跑者……

活力

充沛

我未來的目標……

海、大廈、山巒連成一片絕佳風景，感覺好不真實!!

這簡直像電腦合成嘛!!

我從啟程前就一直期待品嚐燻鮭魚……

到了加拿大一定要吃燻鮭魚……

配加拿大啤酒……

呵呵呵♡

喜歡太陽眼鏡的加藤有很多太陽眼鏡而且戴起來很好看

這次也帶了2付，跑步用和一般外出用的。

沒想到在餐廳只有烤鮭魚，沒有燻鮭魚……。

燻鮭魚大概一般是拿來當儲存用的食品或伴手禮……

平常反而很少吃吧?

打擊!

把楓樹的樹皮削掉舔舔樹幹，會不會有楓糖的味道啊?

好想舔舔看

哇~

我要吃鮭魚啦!!

壽司店裡應該有生的鮭魚

我也想吃壽司~

SUSHI AOKI

……於是我們也去了壽司店。

很好吃!!

身體維修也很重要

溫哥華馬拉松結束了，季節也進入夏天——
嘰～
嘰～
我心中一直掛念著幾件事
……
嘰～
嘰～
嗡～
溫哥華馬拉松時多虧有金教練當定速員，才能跑出好成績……
緊跟……
還有邀了台灣跑友們一起參加梅鐸馬拉松，卻遺憾地不能一起完跑……
啊，對了!!
起身
那換我們去台灣跑馬拉松好了!?
哇～好主意!!
我也要去～!!
那我就來跟她們提議囉!!
台灣跑友們也欣然答應了!!
她們還是一樣有4個人參加
哇—
我們要參加的是12月開跑的台北馬拉松!!
這次希望大家都能完跑～
……這個人最近越跑越順

原本是3人當中最認真練跑的紀子……

這幾年卻一直受腰痛之苦，跑的距離一長腰就會痛。

好痛喔……

去了很多運動醫學中心、健身房，症狀都一直沒改善，後來在朋友的介紹下去了一家針灸推拿中心……

那位醫師也是田徑選手的運動教練喔～

身體變得好輕，好像長了翅膀一樣～

症狀大為改善!!

腰痛的煩惱沒了，又開始愉快地練跑時……

我常常看到妳在跑步，妳要不要跟我們一起練習啊？

一個正在進行高階練習的跑步社團邀請了紀子……

之後紀子每星期練習長跑，跑得也越來越好!!

每星期30公里

跟上去～

噠 噠

嗚喔～我也不能輸給紀子!!

高拉機訓練機 (Lat pull down)

哼 哼

於是，我也比以前更加努力做肌力訓練和練跑……

哼 哼

隆隆隆……

ㄎㄤ

啊!!

不料有一天突然閃到腰!!

啪嘰

用吸塵器吸地的時候……

距離台北馬拉松只剩下一個半月了，可是我現在卻不能練習～
哇－
抽痛
抽痛
貼布
妳要不要去我去的那家針灸推拿中心看看？
後來雖然不痛了，可是還是有點擔心，於是來到紀子介紹的推拿中心。
忐忑
不安
Lehua 豪德寺店
您……您好
那就請妳先躺下來～
我現在要拉妳的腳的大拇指……
妳要用力穩住不要被我拉動
忐忑
不安
好的……
結果發現左腳還可以用力勉強穩住，右腳就完全不行……
拉
完全不行耶～
接下來是測柔軟度
嗯～大腿前側和小腿肚都很硬～
壓～
這裡碰不到
嗚喔
高木小姐妳的腰部椎間盤有點突出刺激到神經，加上肌肉很硬不容易伸展，所以連腳底都使不上力。
右腳的狀況尤其不好，身體失衡也就容易出毛病。
什麼？
打擊－

我還有一個月
就要參加全程馬拉松
努力一點做復健，
應該是來得及的!!
啊
不要擔心!!
因此這天做了
針灸和脊椎按摩等鬆弛肌肉……
也學了自己在家裡
就可以做的有效伸展運動
麥肯基氏運動
腰部不使力，只靠手臂的力量抬起放下上半身。
突出的椎間盤會回到原位
10次×2回
用3秒緩緩挺身，再用3秒緩緩趴下。
提高大腿前側柔軟度
側躺把腳往後拉
拉
30秒×2回
早中晚各一次，
很是辛苦……
提高臀部的柔軟度
把一隻腳搭在另一隻腳上往前拉
30秒×2回
拉
等電車的時候……
提高小腿肚柔軟度
腳底完全著地，兩腳前後打開。
第2月台電車即將進站～
壓
盡可能利用時間
勤做伸展運動……
在電車裡偷偷地……
提高大胸肌柔軟度
把手放在牆壁上做擴胸
下一站是澀谷～
壓
加上每星期去治療一次，
身體狀況逐漸獲得改善……
喔喔，
大拇指已經使得上力，
腳也變得很軟了!!
緊貼～
跑步時候的感覺
也變得大不相同。
噫
上半身比以前穩定，
大腿前側也比較輕……

我以前一直以為使不上力
是因為肌力不足……
跑步的時候上半身會晃動是因為腹肌不夠～!!
大腿前側很容易疲累是因為肌肉太少的緣故～!!
現在我才明白
不斷練習跑步
還有鍛鍊肌肉固然重要，
可是伸展運動
以及身體維修
也是同等重要……
我第一次深深體會到
而狀況極佳的紀子在半馬路跑賽中
大幅刷新自己的最佳紀錄，
以1小時45分的成績完跑!!
以往3人都未能打破2小時
145
好厲害喔～!!
看樣子台北馬拉松
妳不用4小時
就可以完跑了!?
我自己也嚇一跳～
而加藤工作忙得不得了，
幾乎沒時間練跑……
去大阪和福岡出差～
匆忙
匆忙
拿稿子去印刷廠～
報名快截止時
才把參加項目從全馬改為半馬，
但是……
老實說我很擔心
我連半馬
都跑不完呢……
連上美容院的時間都沒有，髮型變得像霜淇淋一樣。（自然捲）
加藤是這樣的狀況……
雖然賽前狀況多多，
我們3人
還是要去台灣囉～!!
耶～～!!

CHAPTER 5

大家一起完跑！雨中的台北馬拉松

再度與台灣跑友一起參賽☆依著自己的步調而跑（全馬，台灣）

大家決定今天早點吃晚餐，於是在台灣跑友們的帶領下來到這家餐廳。
阿才的店
好像古裝片裡的店喔～
我們一口氣點了好多台灣菜
哇喔～!!
和溫哥華馬拉松時一樣，我和紀子打定主意從出發前就不喝酒，可是……
我要忍耐不喝啤酒，直到跑完!!
我也是!!
這是很稀有的台灣啤酒喔!!
生
DRAFT BEER
ONLY 18 DAYS
TAIWAN BEER
有效期限只有18天!!
我們也就破戒了!!
為自己加油打氣也很重要!!
每一道菜都好好吃，第一次來台灣的紀子也讚不絕口。
全都好好吃，我的筷子都無法停呢～
大吃
大喝
大嚼
像這樣把菜的湯汁淋在飯上也很好吃喔!!
第6次到台灣
可是，外面的雨勢一點都沒要停的樣子……
嘩啦
嘩啦
…

這回的路跑賽
我們各自參加想參賽的項目，
半馬和全馬的參加成員分別如左。
日本隊
半馬
全馬
台灣隊
大蔡蔡
Emily
全馬
小蔡蔡
Elaine
半馬
看樣子
明天也是雨天～
妳們不討厭
在雨中跑步嗎？
哈哈哈
下雨天～
全馬組
嗯～……
在雨中跑步
感覺很好
啊……♡
……
吃過飯，
我們買了
隔天早上要吃的飯糰
以後……
9點前回到了飯店，
大家提早解散。
那我們明天
加油囉～!!
喔～!!
為了明天的路跑賽，
今天要早點睡才行!!
腳也來
按摩一下!!
按摩
按摩
KNEIPP
這次3人小鬧一下，
一個人住一個房間，
我慢慢泡個澡之後
又好好做做伸展運動……
拉
嘩啦～
10點多上床後
很快就睡意上身……
啊～～
加了促進睡眠的泡澡粉♥

夜深了……
哈哈哈哈哈
第一次在跑全馬前一天有個好眠!!
神清氣爽
嘩啦
可是，這回看來得在雨中跑步了……
咕～
做過晨間的伸展運動後，全身塗上凡士林。
肚子要塗得仔細一點～
凡士林有防水禦寒的效果!!
塗
塗
凡士林
接著拿出從日本帶來的雨衣，稍微加工一下。
喀嚓
喀嚓
喀嚓
這次準備的是兒童雨衣比較小……
但是為了避免路跑時太悶熱，我又把袖子和長度剪短，還挖了通氣孔。
洞
不知道這樣做是好還是不好，不過這也算是我的小巧思～

好好吃過早餐之後，搭捷運來到起跑點。
台北101／世貿站
嘈雜
人聲
這回路跑賽的起跑點是在台灣最高建築物「台北101」的廣場附近
朦朧
哇喔……霧濛濛的一片……
由於下雨，大家都擠在有屋頂的地方避雨等待起跑……
台灣跑友們應該也到場了，可是不知道在哪裡～
嘩啦～
嘈雜
伸展運動!!
人聲
嘈雜
不久，在人潮的推擠下開始往起跑門移動……
唉呀呀
擁擠
擁擠
全馬的參賽者約7000人，半馬約18000人，大家同時開跑，所以真的是人潮洶湧。
6:46
19℃
哎喲～還有14分就要起跑了～!!
越來越緊張了～
氣溫19度C，跑起來大概會很悶熱～
儘管已經參加過好幾次全馬，每次起跑前還是很忐忑不安……
乾脆早點起跑算了～
撲通
撲通

哇～
已經起跑了嗎!?
太遠了搞不清楚狀況
哇
哇
哇
哇
那我們加油囉!!
終點見囉!!
哇
哇
就這樣，我們於上午7點在雨中展開42・195公里的長征。
這回的路線是從台北101大樓附近起跑，穿過市區繞河邊跑約一圈半後再回到起跑點。
台北馬拉松路線圖
圓山大飯店
25km
30km
20km
10km
35km
松山機場
15km
9公里～38公里一路都是沿著河邊跑。
5km
40km
START & GOAL
台北101
時間限制 5個半小時
起跑後人潮擁擠，很難加快速度……
哇
哇
哇
可是由於跑在大馬路上，沿途有很多人為我們加油，熱鬧又開心……
加油!!
加油!!
加油

有很多跑者開始脫掉雨衣……
丟
丟
好多雨衣喔……
確實有點悶熱，可是……
才剛起跑沒多久，還是先跑個10公里到時候再看看吧……
我決定暫時穿著雨衣跑步……
不過鞋子很快就濕透了……
哎喲～
噗哧
噗哧
這時看到有幾位跑者穿著夾腳拖或打赤腳……
噗哧
噗哧
哎喲～
那樣……腳不會痛嗎……
不久，彎過了一個大十字路口……
哇！
哇！
噗哧
噗哧
8 km
再往前跑了一會，遠遠望見雨水籠罩下的圓山飯店!!
朦朧～
喔喔!!

圓山飯店是台北市歷史悠久的著名飯店……
耶～
耶～
喔～
我2年前和爸媽來台北旅遊時也順道去過……
圓苑
午餐在飯店裡面的餐廳吃飲茶，爸媽也都非常高興……
耶～
沒想到現在又有機會這樣眺望著那座飯店……
我心裡如此想著……
接著，在鄰近飯店的一座橋邊和半馬組分道揚鑣
21.0975km
42.195km
上橋
右轉
從這裡到38公里處一路都是沿著河邊跑。
噗哧
噗哧
一路上少了半馬組的參賽者，跑起來順暢許多……
可是，雨勢一點都沒要停的樣子……
還是繼續穿著雨衣好了……
10km

雖然雨勢不小，
還是很容易口渴，
我也因此勤加補充水分。
哇－
哇－
水站
咕嚕
咕嚕
聽說去年路跑賽當天天氣晴朗炎熱，
主辦單位準備了許多海綿供跑者取用，
但換成今天這種天氣
就幾乎沒人拿了……
…
海綿
哇－
哇－
也有很多補給品，
可是大多是甜食……
香蕉
巧克力西點
蘇打餅乾
威化餅乾
或許是不知不覺間出了汗，
我現在比較想吃鹹的東西……
鹽……
鹽……
所以吃自己帶來的
鹽和梅干等補充鹽分
從梅鐸紅酒馬拉松以後，每次參賽一定帶著。
雨中路跑的賽事中
印象最深刻是4年前的
島根縣「中海馬拉松全國大賽」……
葡萄乾變成葡萄了～
嘩啦－
嘩啦－
詳情請參考《一個人去跑步：馬拉松2年級生》
不過，這回的雨勢讓我覺得
似乎已經超越了中海馬拉松。
橋
哇－!!
哇－!!
啪噠
啪噠
噗哧
噗哧
有時雨水會從橋上像瀑布一樣傾洩而下

一路上一直淋雨，
連手腳都發白起皺了……
在雨中跑步……
感覺
很好啊……♥
回想～
說的也是，
難得有機會
像這樣在大雨中奔跑!!
哈哈哈～
哇～好大的水坑
躲都躲不開～♡
我決定豁出去了!!
唰
唰
唰
這種天氣還是到處有
熱情的群眾為我們加油……
加油!!
加油!!
16km
過橋往河的對岸
這時在橋上發現紀子
就跑在我前面一點的地方
啊，
紀子～!!
小高～!!
偶然回頭一看，
台北101大樓
依然隱約可見……
朦朧～
那就是起跑
的地方～
喔喔～

我接下來只要跑過這河岸，再從那頭的河岸跑回來，再跑過幾個彎路到那裡就到終點了……
呵呵呵……
ㄅㄧ一大樓
你等著吧……
跑了一些時候，來到總距離一半的地方!!
21km
太好了~跑完一半了!!
這次的目標是刷新4小時17分的個人最佳紀錄，以低於4小時15分的成績跑達終點，可是……
起跑以後差不多已經過了2小時又5分鐘……
嗯~……
後半會越來越累，以這樣的成績跑完一半算是差強人意。
之後一邊喝著原本預準在20公里處喝的能量包，一邊往前跑……
剛才忘了喝~
吸~
……噫？
又看到圓山飯店了!!
啊!!
23km
跑到前面的橋那裡就又可以回到對岸了!!
這附近雨勢小了點，天色也變亮了……
哇—
再過一會或許就可以把雨衣脫掉，加快速度去跑了……
呵呵呵……

可是我好像想得太美了……
嘩啦～
過了橋，
雨勢又開始增強……
呼～
哎喲～!!
還有逆風迎面吹來，
整個就像是一場暴風雨。
噗哧
噗哧
噗哧
噗哧
這下子我已經
不覺得在雨中跑
步有什麼樂趣可言了……!!
呼～
好辛苦……!!
好幸運還穿著雨衣～!!
速度也越來越慢……
從起跑到現在
大約過了
3小時13分……
這麼說我得在
1小時2分鐘內跑完
剩下的10公里，
不然就沒辦法
在4小時15分內完跑……
呼～
吸～
32km
嗚嗚……
至少也趕快跑完
河邊的路線
回到市區!!
呼～
感覺自己從這裡起
一直是處在咬緊牙關
往前跑的狀態
就這樣漫長的河邊路線
終於結束時……
呼～
筋疲力盡……
……噫？
37km

發現有人在分送熱食
辛苦了~
加油~
那是什麼？湯嗎？
這飲料有薑的味道甜甜的，讓我濕冷的身體整個暖和起來~
啊~好好喝!!
暖和~
後來才知道這是在台灣深受喜愛的黑糖薑母茶
喝過薑母茶身體暖和了，加上又回到市區，我又有元氣繼續往前跑了。
加油~
太好了~!!回到市區了~!!
路線接著進入高架道路……
這是這次路跑賽起跑後第一段不會淋到雨的地方……
嘩啦~
不會淋到雨，跑起來好輕鬆喔~!!
哇喔
衝衝衝
有的路段還需穿過隧道……
轟隆~

這段路像是送分路段，
不用擔心風吹雨打，
輕鬆易跑。
哇喔喔～
我在這裡要加緊
衝刺才行～!!
咻咻
噗噗
我在隧道內奮力猛衝
衝衝衝衝衝
不知道為什麼，
這天我明明已經
很累了……
加油!!
衝啊!!
卻覺得身體還很有活力。
穿過隧道之後，
真的只剩下一點點路
就到終點了。
Last 1km
太好了～!!
最後在沿途加油民眾的鼓舞下，
奮力往前衝……
嗚喔喔～!!
加油！
跑起來～
加油！
終於看到了終點
也就是早上的起跑點……
跑……
跑回來了～!!

在陌生城市跑馬拉松
是一種很奇妙的感覺……
哇—
加油!!
哇—
加油!!
呼……
呼……
哇—
呼……
加油!!
哇—
會覺得自己好像有點
變成了當地的居民。
受到當地民眾加油時，
又會覺得彼此似乎已經
變成了朋友……
哇—
哇—
啪
啪
哇—
啪
啪
啪
啪
啪
經常一邊跑一邊愛上了
那城市……
就這樣，
雖然我從頭到尾
都是穿著雨衣……
耶～!!
哇—
啪
哇—
啪
哇—
啪
5006
還是順利跑完了
台北馬拉松!!

從起跑到現在大約經過了4小時17分……
現在時間
11:16:47
市政府
呼呼
……
氣喘
可是要扣掉穿過起跑門的時間才是正式成績……
我大概花了2分鐘才穿過起跑門吧……
領了獎牌和毛巾
踉蹌……
有沒有達成低於4小時15分完跑的預定目標，實在很難講……
後來到寄物處拿東西時碰到了紀子
啊～紀子～
跑完，走起路來突然變得搖搖晃晃……
踉蹌
我也剛跑完沒多久～
下雨天好辛苦喔～
領取了大會分送完跑者的便當等以後，決定先回飯店……
在飯店見到已經先回來的加藤，大家互報平安……
辛苦了～
泡個澡好好暖暖身子之後，正想要來睡個覺……
呼～
撲通
呼～
咕嚕—!!
哇!?
這時發現肚子已經在唱空城計
起身

於是打開剛才領到的便當……
哇喔……便當的內容對剛跑完馬拉松的人來說似乎有點太油膩了……
白蘭氏
雞精
這個寫著「雞」的不明液體到底是什麼東西……
有點害怕……
……雖然這麼想，可是一吃才發現味道很不錯，一下子就吃個精光。
嚼 嚼 嚼
那不明液體據說是台灣人經常喝的雞汁提煉口服液。
這天晚上……
哇～!!
蘇杭點心店
和台灣跑友們會合，一起喝啤酒慶功!!
乾杯～～!!
堆得好高的熱騰騰的蒸籠也上桌了……
很高～～!!
哇喔～!!
小籠包上桌了～!! 耶～!!
哇喔～飽滿多汁的鮮蝦蒸餃!!

Emily幫我們確認了大會公布的正式成績……
高木小姐的成績是……
不安
忐忑
啊～
4小時14分26秒，沒想到比我預定的目標還快!!
耶～太好了!!太好了!!
好高興喔～!!
啪
啪
啪
啪
啪
啪
啪
原本希望以低於4小時的成績跑完全馬的紀子，雖然因風雨交加陷入苦戰沒能達成目標……
紀子小姐的成績是4小時11分32秒!!
但還是大幅刷新自己的最佳紀錄!!
啪
啪
啪
啪
其他的跑友們也都努力跑完了全程!!
全馬
大蔡蔡
5：20：42
Emily
5：19：18
加藤
2：18：59
Elaine
2：36：19
小蔡蔡
2：49：28
半馬
這之後又到PUB續攤
乾杯～!!
我已經非常了解跑完之後喝啤酒吃飯都更美味……
不過，大家都完跑之後的聚餐又是一種至高的特別滋味。
咕嚕
咕嚕
哈哈哈
熱熱
鬧鬧
哇哈哈
雖然是PUB 煎餃也很美味
金牌
台灣啤酒

台北馬拉松的第二天……
咯～
儘管全身痠痛，還是搭捷運來到距台北約40～50分鐘車程的北投溫泉。
好痛喔……
哇～好多溫泉旅館喔～
金都溫泉飯店
好棒喔～
我的小腿～
晃晃
搖搖
這裡有流有溫泉的溪流……
足湯～♡
發呆～……
也到露天溫泉泡湯!!
男女都穿泳衣一起泡湯
呼
親水公園露天溫泉浴池
我覺得身體變輕了耶～
接著前往名叫淡水的河港……
大家一邊吃淡水名產孔雀蛤，一邊暢飲啤酒!!
乾杯～!!
TAIWAN BEER
孔雀蛤
類似貽貝的貝類
余家孔雀蛤大王

很快到了此行的最後一天，我們依舊極盡所能的大啖美食。
永和豆漿大王
早餐是油條~
豆漿水~
呼嚕
史記正宗牛肉麵
好好吃喔!!
好好吃喔!!
給我吃一點嘛~
豆沙包
我要這個
鮮肉包
超喜歡
阿宗麵線
台灣跑友Emily順利抽中了2014年的東京馬拉松參加權!!
我2月要去東京!!
哇—!!
像這樣，由於跑馬拉松，人與人之間的交流也隨之擴大加深，也是一件很開心的事。
我會去幫妳加油
歡歡
喜喜
到時候歡迎來住我家!!
就這樣，台北馬拉松也順利結束……
出發前要準備東準備西的好辛苦，事後就覺得時間過得好快，一下全都結束了~
這次大家都能完跑，可說是圓滿閉幕!!
沒錯~
我明明才剛跑完全馬，回來一量體重竟然增加了3公斤。
天啊~!!
好重的伴手禮……

芒果 剉冰
飛機上有很多HELLO KITTY圖案的長榮航空
絲瓜蛤蜊湯
魯肉飯
Photo Gallery
跑完半了~
21km
加油!!
加油!!
也不忘補充能量
好可愛喔~

嘩啦～
好吃♡
醃鹵咸ㄉㄚˊ
嗯～♡
GOAL!!
加油!!
很高
逛夜市～

我的書的台灣版
發現
北投溫泉
走走
嗅~
買了烏魚子
永久號
烏魚子
批發・零售
烏魚子
MULLET-ROE
からすみ
台灣名茶
冰頂烏龍
臻味茶苑
Photo Gallery
每樣東西都好好吃喔~~!!
SINCE 1975
阿宗麵線

為了參加台北馬拉松，特地買了新的慢跑衣……

結果一直都套著雨衣～

路跑賽當天寄放東西時，要先買一個還滿精緻的寄物用包包……

100元（約340日圓）

我寄放了替換的衣服和毛巾等

超喜歡的台灣料理

鹹蛋苦瓜♡

好吃～!!

不料雨勢太大，紀子的包包在寄物處也淋濕了……

哎喲～都濕透了～!!

好可憐喔……

我的沒遭殃

買了有點高級的台灣烏龍茶～

難得大方!!

茶

茶

阿里山烏龍

凍頂烏龍

由於半馬組和全馬組同時起跑……

半馬和全馬的路線在哪裡分開啊……

如果呆呆地跟著半馬組跑，怎麼辦～

……心裡一直忐忑不安。

從背後看不見可以辨識半馬組或全馬組的號碼布……

沿途有很多年輕可愛的女孩為參賽者加油!!

加油!!

加油!!

加油

結婚禮服

開懷暢飲真好!!

乾杯～

乾杯～

哇—

哇

後記

日子過得很快，從突然起意開始跑馬拉松到今年春天已經6年了。
自己都沒想到會持續這麼久，
不過這應該歸因於和我一起開始跑馬拉松的是
做事超認真的紀子、隨著時間跑友也越來越多、
想參加的比賽越來越多等等，
才會這樣不知不覺地持續下來。

如果要問我喜歡跑步嗎？
其實我自己也不清楚，想要不要去跑步時，總覺得有些麻煩；
天熱或天冷時也會不想去跑步；
路跑賽前會很緊張，希望比賽趕快結束；
所以基本上我是個沒毅力的人。

不過一旦度過那種心情開始跑步，
各種景色掠過身邊，風拂過臉頰，
自己的身體也不停地動起來，有時會覺得整個人好輕鬆舒暢。
那種感覺真的很棒～！
有時一些盤繞不去的小煩惱也會隨之煙消雲散。

台北馬拉松完跑獎牌

溫哥華馬拉松完跑獎牌

關島馬拉松完跑獎牌

心想去跑步真麻煩的時候，
就告訴自己「跑完以後，一定會覺得出來跑步真好的啦。」
有時也就因而改變想法出去跑跑步。
還有跑完步吃飯真的是好美味！
這也是一大動力。

而我的跑友們後來如何呢……

紀子狀況維持得很好，
報名參加各種路跑賽，積極地持續跑步。
給人感覺真的是純粹喜歡跑步，
她還說有一天要跑跑看超級馬拉松（100公里）。
很好奇她究竟要跑到什麼時候～。

加藤依然工作忙碌，
台北馬拉松之後也一直沒時間去剪頭髮，
頭髮已經從霜淇淋狀態變得更長，
變成像蛇妖梅杜莎或拉麵一般，

紀子手作新包包

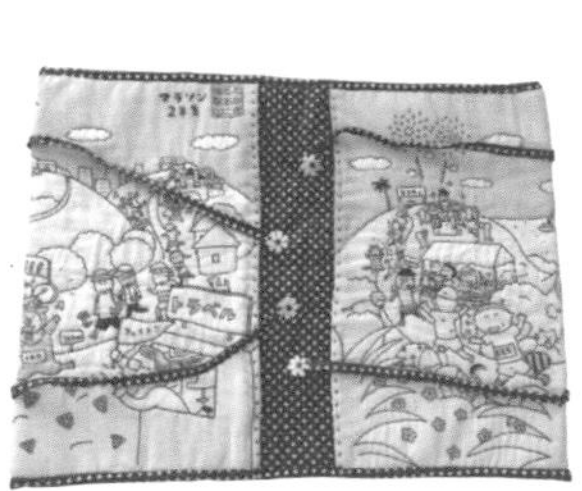

紀子手作換洗衣物袋
（用《一個人去跑步：馬拉松2年級生》
時的紀念品手拭巾做的）

不過加藤終於去剪了頭髮，
今天見到她的時候，已經是好久不見的清爽模樣。

和我們一起跑關島馬拉松的YUMIKO小姐，
後來也持續跑得很好，
聽說去年秋天參加全程馬拉松還以低於4小時的成績完跑。
嗯～，太厲害了！

台灣跑友們又報名參加台灣國內的各項路跑賽，
參加東京馬拉松的Emily也以低於5小時的成績漂亮完跑，
比她的最佳紀錄快30分鐘以上！
聽她說東京馬拉松的補給站上有銅鑼燒、壽司等等好多好吃的東西，超開心。
太好了！

至於我呢……

我原本就很怕冷，冬天很少跑步，
加上又忙著準備這本書的出版，最近再度陷入缺乏運動的狀態……。

關島馬拉松時穿的慢跑衣

台北馬拉松時穿的慢跑衣（雨衣裡面）

不過寫完這後記，工作也就告一段落，
外面也漸漸暖和了，我又想隨性地跑步了。

出版《一個人去跑步：馬拉松1年級生》以後，
根本沒想到會接連出了4本這類的書，
這當中真的跑過許多地方，認識許多人，
也有好多好多開心有趣的事。
雖然馬拉松系列到此結束，
以後我還是想依著自己的步調繼續跑步。

謝謝一直和我一起跑步的紀子、加藤，
很高興我們有許多共同的難忘回憶。
也謝謝沿途為我加油的朋友和支持這系列的讀者，謝謝!!

2014年3月　高木直子

我的跑步夥伴

再來一碗：
高木直子全家吃飽飽萬歲！
洪俞君◎翻譯

最新作品

媽媽的每一天：
高木直子陪你一起慢慢長大
洪俞君◎翻譯

媽媽的每一天：
高木直子手忙腳亂日記
洪俞君、陳怡君◎翻譯

已經不是一個人：
高木直子 40 脫單故事
洪俞君◎翻譯

台灣出版16週年
全新封面版

150cm Life
洪俞君◎翻譯

150cm Life ②
常純敏◎翻譯

150cm Life ③
陳怡君◎翻譯

一個人出國到處跑：
高木直子的海外
歡樂馬拉松
洪俞君◎翻譯

一個人邊跑邊吃：
高木直子呷飽飽
馬拉松之旅
洪俞君◎翻譯

一個人去跑步：
馬拉松 1 年級生
洪俞君◎翻譯

一個人去跑步：
馬拉松 2 年級生
洪俞君◎翻譯

一個人吃太飽：
高木直子的美味地圖
陳怡君◎翻譯

一個人和麻吉吃到飽：
高木直子的美味關係
陳怡君◎翻譯

一個人的狗回憶：
高木直子到處尋犬記
洪俞君◎翻譯

一個人到處瘋慶典：
高木直子日本祭典萬萬歲
陳怡君◎翻譯

一個人去旅行
1 年級生
陳怡君◎翻譯

一個人去旅行
2 年級生
陳怡君◎翻譯

一個人搞東搞西：
高木直子閒不下來手作書
洪俞君◎翻譯

一個人好孝順：
高木直子帶著爸媽去旅行
洪俞君◎翻譯

一個人做飯好好吃
洪俞君◎翻譯

一個人好想吃：
高木直子念念不忘，
吃飽萬歲！
洪俞君◎翻譯

一個人的第一次
常純敏◎翻譯

一個人住第 5 年
（台灣限定版封面）
洪俞君◎翻譯

一個人住第 9 年
洪俞君◎翻譯

一個人住第幾年？
洪俞君◎翻譯

一個人上東京
常純敏◎翻譯

一個人漂泊的日子①
陳怡君◎翻譯

一個人漂泊的日子②
陳怡君◎翻譯

我的 30 分媽媽
陳怡君◎翻譯

我的 30 分媽媽②
陳怡君◎翻譯

TITAN 105

一個人出國到處跑RunRun

高木直子的海外歡樂馬拉松

洪俞君◎翻譯　陳欣慧◎手寫字

出版者：大田出版有限公司
台北市104中山北路二段26巷2號2樓
E-mail：titan@morningstar.com.tw
http：//www.titan3.com.tw
編輯部專線（02）25621383
傳真（02）25818761
【如果您對本書或本出版公司有任何意見，歡迎來電】

填回函雙重禮
① 立即送購書優惠券
② 抽獎小禮物

總編輯：莊培園
副總編輯：蔡鳳儀
行政編輯：鄭鈺澐
校對：洪俞君／鄭秋燕
初版：二〇一四年十二月一日
十五刷：二〇二三年三月十三日

購書 E-mail：service@morningstar.com.tw
網路書店 http://www.morningstar.com.tw（晨星網路書店）
讀者專線：TEL：04-23595819 # 212　FAX：04-23595493
郵政劃撥：15060393（知己圖書股份有限公司）
印刷：上好印刷股份有限公司
定價：新台幣 280 元
國際書碼：ISBN 978-986-179-368-9 / CIP：861.67 / 103018604

喜歡用馬拉松來比喻工作的一群人……